COLLECTION FOLIO

Junichirô Tanizaki

Le pont flottant des songes

Traduit du japonais et annoté
par Jean-Jacques Tschudin

Gallimard

Ce roman est extrait d'*Œuvres*, II
(Bibliothèque de la Pléiade).

Titre original :
YUME NO UKIHASHI

Né à Tokyo le 24 juillet 1886, Junichirô Tanizaki grandit dans une famille aisée de marchands. Il fait de brillantes études à l'Université impériale de Tokyo, mais en 1910 la ruine de son père le contraint à les interrompre. La même année, il publie son premier texte, une nouvelle cruelle et raffinée, *Le tatouage*, dans la revue qu'il a fondée avec quelques amis. L'histoire de la belle courtisane et de son tatouage en forme d'araignée fait scandale et lance sa carrière d'écrivain. En 1913, il rassemble toutes ses nouvelles dans un recueil intitulé *Le diable* et subit les foudres de la censure qui les juge « immorales ». Il publie sans trêve drames, comédies et scénarios à une époque où le cinéma en est encore à ses balbutiements, il traduit également la pièce d'Oscar Wilde *L'éventail de Lady Windermere*. Installé à Yokohama, il fréquente les résidents étrangers et découvre l'image de la femme occidentale. Lorsqu'un terrible tremblement de terre détruit la ville en 1923, il s'installe définitivement dans le Kansai. Le séisme le bouleverse profondément : alors qu'il puisait son inspiration dans un Occident et une Chine exotiques, il revient vers le Japon à partir de 1924, date à laquelle paraît son premier roman, *Un amour insensé*. Cette chronique douloureuse et ironique relate la vie conjugale de Jôji Kawai et de Naomi, une jeune serveuse, qui rêve de devenir une femme « moderne » comme les Occidentales et sait jouer de ses charmes... La femme perfide et tentatrice est à nouveau au cœur du *Goût des orties* : un homme est tiraillé entre trois femmes, une Eurasienne, une bourgeoise terne et une beauté classique. Il consacre la seconde partie de sa vie à traduire en japonais moderne le *Genji monogatari*, œuvre classique de la romancière du XIe siècle, Murasakí Shikibu. En 1943, la publication en feuilleton de son chef-d'œuvre *Quatre sœurs* est interdite car jugée inconvenante en temps de guerre. Cette éblouissante saga familiale qui retrace la vie de quatre jeunes Japonaises très différentes, dans le Japon de l'entre-deux-guerres, paraîtra finalement entre 1946 et 1948. Après la guerre, Tanizaki publie des romans audacieux au centre desquels il place la vieillesse, l'impuissance et la mort. Dans *La clef* (*La confession impudique*), un respectable professeur d'université, à l'âge du démon de midi, ne parvient plus à satisfaire sa jeune femme dotée d'un tempérament excessif. Après avoir essayé divers excitants, il s'aperçoit que la jalousie est un incomparable stimulant... *Journal d'un vieux fou* raconte le drame d'un vieillard qui s'éprend de sa belle-fille, ancienne danseuse de music-hall à la morale assez libre. Avec beaucoup d'intelligence, elle profite de son beau-père pour lui arracher des libéralités extravagantes et mener une vie de luxe. En compensation, elle lui accorde des privautés savamment limitées et le maintient dans une excitation qui s'exaspère d'autant plus qu'elle ne peut aboutir qu'à de lamentables démonstrations.

Tanizaki meurt en juin 1965, laissant une œuvre importante, unanimement considérée comme majeure, du XXe siècle japonais.

Décerné en son honneur, le prix Tanizaki est l'une des principales récompenses littéraires au Japon.

Découvrez, lisez ou relisez les livres de Junichirô Tanizaki :

UN AMOUR INSENSÉ (Folio n° 2242)

LE CHAT, SON MAÎTRE ET SES DEUX MAÎTRESSES (Folio n° 2915)

LA CLEF (La confession impudique) (Folio n° 3834)

JOURNAL D'UN VIEUX FOU (Folio n° 3702)

QUATRE SŒURS (Folio n° 2966)

SVASTIKA (Folio n° 1990)

LE COUPEUR DE ROSEAUX (Folio 2 € n° 3969)

LE MEURTRE D'O-TSUYA (Folio 2 € n° 4198)

Au terme de la lecture du livre cinquante-quatre[1] *:*

En ce jour où le coucou
À l'Ermitage aux hérons
Vient chanter
Le pont flottant des songes
Est désormais franchi.

Ce poème est de ma mère. En fait, des mères, j'en ai deux : celle qui m'a mis au monde, et ma belle-mère, et bien que ces vers me donnent l'impression d'être de la première, je n'en suis à vrai dire pas certain. Au fil de mon récit, je montrerai plus clairement les raisons de mon hésitation, mais pour l'instant, disons simplement que l'une et l'autre de mes mères utili-

1. Ce poème renvoie au cinquante-quatrième et dernier livre du *Dit du Genji,* intitulé précisément « Le pont flottant des songes ».

saient le même prénom : Chinu. Les parents de ma vraie mère étaient des gens de Kyôto, mais j'avais entendu dire, alors que j'étais encore tout petit, que comme leur fille était née dans la maison de plaisance de la famille, à Hamadera sur la baie de la mer de Chinu, mon grand-père s'était inspiré du lieu pour lui donner ce prénom, et en effet, c'est bien celui qui figure sur les registres de l'état civil, alors que dans le cas de ma seconde mère, ce n'est qu'après son mariage avec mon père que l'on s'était mis à l'appeler également Chinu, au lieu d'utiliser son vrai prénom de Tsuneko. Toutes les lettres que mon père écrivait à sa femme étaient adressées simplement à « Chinu » — prénom qu'il transcrivait avec diverses combinaisons de caractères chinois, voire même avec les seuls signes du syllabaire [1] — ce qui ne permet pas de savoir à laquelle de mes deux mères elles avaient été destinées. Ainsi, cette calligraphie du poème du *Coucou* a beau être signée « Chinu », j'ignore de laquelle il s'agit vraiment.

Tracée sur un beau papier de couleur, cette composition avait été soigneusement montée en *kakemono* [2], et préservée ; c'est ainsi que je pus en

1. En utilisant les caractères chinois pour leur seule valeur phonétique, il est possible de transcrire un nom de nombreuses manières.

2. Peinture ou calligraphie sur soie ou papier destinée à orner l'alcôve d'apparat. Elle est lestée d'un rouleau de

avoir connaissance, car sinon, aucun autre poème de l'une ou de l'autre de mes mères ne m'est parvenu. Aujourd'hui encore, ma nourrice — maintenant dans la soixantaine — raconte que ma mère (je ne sais en fait laquelle) avait eu à l'époque mille peines à se procurer ce papier de couleur, un authentique *suminagashi* fabriqué selon les procédés traditionnels[1], qu'elle avait dû faire venir de Takefu, dans la province d'Echizen. Même une fois entré à l'école primaire, j'avais eu bien du mal à lire le texte de ce poème. En effet, il était calligraphié dans le style de Konoe Sanmyaku-in, un style que non seulement les enfants, cela va sans dire, mais les adultes eux-mêmes ont le plus grand mal à déchiffrer, car il fait grand usage des graphies archaïques des poètes du *Man.yô shû*[2]. De nos jours, il n'y a probablement plus personne — homme ou femme — qui utilise encore les caractères dans cet emploi phonétique. Ce qui me fait penser que nous avions également un jeu de poèmes[3] dans le même style, probable-

---

bois laqué sur lequel on l'enroule quand on la retire pour la remplacer par une autre.

1. Technique traditionnelle utilisée pour faire apparaître des motifs à la surface d'un papier ou d'un tissu.

2. Première grande anthologie poétique japonaise (vers le VIIIe siècle).

3. Jeu de société utilisant des cartes sur lesquelles figurent des poèmes d'une anthologie ancienne.

ment tracés de la main de l'une de mes mères, comme ce *Brocart de rouge feuillage veuille le dieu agréer* que je garde à l'esprit.

Personnellement, je ne suis pas qualifié pour juger de la qualité d'une calligraphie, mais ma vieille nourrice affirme que ma mère maîtrisait incomparablement bien ce style de l'école Konoe, et cette œuvre donne en effet, même au profane en la matière que je suis, l'impression d'être d'un niveau très élevé. Il est cependant curieux qu'une femme s'adonnant à la calligraphie ait préféré ce style charnu, au tracé plein, s'appuyant sur de nombreux caractères chinois, aux *kana* souples et déliés de l'école de Yukinari[1] ; voilà un choix qui laisse entrevoir, me semble-t-il, une facette particulière de sa personnalité.

Quant au poème lui-même, bien que je sois tout aussi incompétent dans le domaine du *waka*, il ne me paraît guère susceptible d'être classé parmi les chefs-d'œuvre du genre. « Désormais le pont flottant des songes est franchi » signifie certainement que le poète a terminé la lecture du *Pont flottant des songes*, le cinquante-quatrième et dernier livre du *Genji monogatari*, mais comme ce chapitre est extrêmement court,

1. L'un des grands maîtres qui mirent au point un style véritablement japonais en intégrant les signes du syllabaire dans leur art.

il ne faut vraiment guère de temps pour le lire, aussi ces lignes doivent-elles plutôt indiquer que, enfin arrivé au dernier épisode, on avait achevé ce jour-là la lecture de l'œuvre entière. Quant à l'« Ermitage aux hérons », c'est ainsi que, depuis l'époque de mon grand-père, on avait pris l'habitude d'appeler la propriété, des petits hérons se posant volontiers dans le jardin autour de la maison. Aujourd'hui encore, il leur arrive de venir, et, bien que je n'en aie que rarement aperçus, j'ai, moi aussi, bien souvent entendu leur cri caractéristique.

Cet Ermitage aux hérons se trouve sur un terrain qui coupe d'est en ouest le bois de Tadasu. Lorsque, laissant le bâtiment principal à votre gauche, vous quittez le sanctuaire de Shimogamo et prenez le chemin qui s'enfonce dans le bois, vous arrivez bientôt à un petit cours d'eau qu'enjambe un étroit pont de pierre qui vous mène, si vous le franchissez, devant l'entrée de la propriété. Parmi les poèmes de Kamo no Chômei[1] inclus dans le *Shinkokin shû*, on trouve ces vers :

Petite rivière caillouteuse
Les eaux de la Semi

1. Kamo no Chômei (1155-1216), auteur notamment des *Notes de ma cabane de moine.*

Sont si limpides
Que même la lune visite son cours
Et s'y repose rafraîchie.

Les gens de l'endroit prétendent que le cours d'eau en question est celui qui passe sous ce pont de pierre, mais on peut douter de la véracité de cette version. Ainsi, dans son dictionnaire des toponymes, Yoshida Tôgo parle de « l'étroit cours d'eau qui passe actuellement à l'est du village de Shimogamo, et qui, arrivé au sud du sanctuaire de Tadasu, se jette dans la Kamo », ajoutant que « dans les anciens documents géographiques, ce nom de "Semi no ogawa" renvoie toujours à la Kamo elle-même, alors que le ruisseau en question — qui prend sa source vers le village de Matsugasaki — n'en est qu'un affluent ». Comme par ailleurs Chômei lui-même, dans sa présentation de la joute poétique tenue au sanctuaire de Shimogamo, précise que ce nom de « Semi no ogawa » est la véritable appellation de la Kamo, on peut considérer que cette explication est la bonne. On la retrouve dans un texte sur lequel je reviendrai plus loin, celui de la préface du poème *Semi no ogawa*, d'Ishikawa Jôzan, où le poète dit clairement : « Je ne franchirai pas la Kamo pour poursuivre dans la direction de la capitale. » Il est vrai que ce cours d'eau n'est guère limpide de nos jours, mais pendant mon enfance, il coulait encore des eaux assez pures pour évoquer les images du poème de Chômei. D'ailleurs, je me rappelle que, lors des rites de purification de la mi-juillet[1], les fidèles venaient faire leurs ablutions dans les eaux basses de ce ruisseau.

L'étang de l'Ermitage aux hérons était relié par une canalisation de terre cuite à la petite rivière, et de temps à autre, lorsque celle-ci débordait, le trop-plein venait s'y déverser. Une fois franchie la porte principale de la propriété, dressée sur deux gros troncs de *sugi*[2], on empruntait une allée couverte de dalles de pierre au bout de laquelle se trouvait une seconde entrée. Deux statues de dignitaires de la Cour des Yi, probablement rapportées de Corée, se faisaient face, de chaque côté de l'allée plantée de petits bambous élancés. Cette deuxième porte était toujours fermée ; sa couverture était en écorce de *sugi*, à la manière des toitures en écorce de cyprès, alors que des planchettes de bambou, portant une paire d'inscriptions parallèles, étaient accrochées aux piliers latéraux :

Dans les profondeurs du bois les oiseaux sont joyeux !
Loin des fracas du monde pins et bambous sont purs !

1. Les pèlerins se purifient les pieds dans la Midarashi-gawa, le cours d'eau qui traverse le bois de Tadasu, et prient pour que les maladies et fléaux naturels leur soient épargnés.

2. Cèdre du Japon, jadis considéré comme un séjour des divinités.

Mais même mon père disait ignorer tant le nom de l'auteur du poème que celui de la calligraphie.

Si on appuyait sur la sonnette installée à côté des inscriptions, quelqu'un venait alors vous ouvrir. Une fois passé sous l'ombre que projetait un immense marronnier, on pénétrait dans le hall d'entrée de la maison, un espace de trois *tatami*, où la première chose qui frappait le regard était, suspendue au mur, une inscription due au pinceau de Rai Sanyô :

Le milan plane, le poisson plonge.

C'était son jardin paysager de quelque trois mille mètres carrés qui faisait tout le prix de cet « ermitage », car le corps d'habitation principal, bâti en rez-de-jardin, n'était pas particulièrement vaste. Il ne comptait guère que huit pièces, en incluant la petite chambre de bonne et une minuscule antichambre intérieure, mais il faut convenir que notre cuisine, avec son plancher et son évier directement relié à un puits artésien, aurait été assez spacieuse pour y installer celle d'un restaurant. À l'origine, à l'époque où mon grand-père habitait encore en ville, près du temple de Bukkô dans le quartier de Muromachi, l'Ermitage aux hérons ne lui servait que de pavillon de campagne, mais après qu'il eut, vers la fin de sa vie, cédé sa maison de Muromachi, il en avait fait sa résidence principale, et l'avait agrandie en faisant construire dans le coin nord-ouest de la propriété un bâtiment annexe. Cette disposition n'était d'ailleurs guère pratique, car il fallait absolument traverser la cuisine pour se rendre à cette annexe depuis les chambres.

Comme la maisonnée était composée de sept personnes — mes parents et moi-même, ma nourrice et trois bonnes —, il y avait suffisamment de place pour y vivre à l'aise. Mon père se contentait de faire de temps à autre une apparition à sa banque, et, comme il n'appréciait guère les contacts sociaux, restait le plus souvent à la maison, où il ne recevait d'ailleurs que fort rarement. Mon grand-père, lui, avait, semble-t-il, mené une vie sociale plus active : pratiquant en amateur l'art du thé, il avait acquis quelque part un pavillon hautement estimé qu'il avait fait remonter au bord de l'étang, et avait également fait édifier une petite construction, baptisée la « Villa des plaisirs partagés » dans le coin sud-ouest du jardin. Mais à l'époque de mon père, tant le précieux pavillon de thé que la villa étaient bien délaissés, car mes parents ne les utilisaient que pour y faire une sieste ou un peu de lecture, ou alors pour y pratiquer la calligraphie.

Tout l'amour de mon père était consacré à ma mère, et pour peu qu'il fût avec elle, là dans cette maison avec son jardin paysager, il semblait pleinement satisfait. Parfois, il écoutait avec attention la musique qu'il lui demandait de jouer sur son *koto*, mais c'était à peu près le seul divertissement qui eût cours chez nous. Un terrain de moins d'un arpent peut paraître un peu étriqué pour un jardin paysager, mais comme un grand maître jardinier de l'entreprise Shokusô avait fait des prodiges, on avait l'impression d'un endroit bien plus profond et retiré du monde qu'il ne l'était en réalité.

Lorsque l'on faisait coulisser le *fusuma* de la petite antichambre, on se trouvait d'abord dans une pièce de huit *tatami*, suivie du grand salon de douze *tatami*, la pièce la plus spacieuse de la maison. Dans un style vaguement palatial, une véranda bordée d'une balustrade aux extrémités noblement incurvées courait le long des côtés sud et est de ce salon. Afin de se protéger des rayons du soleil, on avait délibérément fait avancer un treillage au-dessus de l'étang, et c'est en se glissant sous le feuillage luxuriant des akéries qui s'y déployaient que l'eau venait lécher les pieds de la véranda. De là, en s'appuyant à la balustrade, on pouvait distinguer à l'autre bout de l'étang une chute jaillissant des profondeurs du bois pour former un petit cours qui ruisselait brièvement, coulant au printemps sous les kerries à double pétale, en automne sous les fleurs des pommiers du Japon, avant de retomber dans l'étang. On avait installé sur son parcours un de ces dispositifs en bambou que l'on connaît sous le nom de *sôzu*, où l'eau, s'étant accumulée dans un tube, le fait soudain basculer pour s'écouler de l'autre côté, dans le claquement sonore du tube qui reprend sa place. Comme il faut que, pour le plaisir des yeux, la blancheur immaculée des tailles se détache sur le vert du tube, le jardinier devait venir fréquemment remplacer les bambous. Ce terme de *sôzu* est en fait une abréviation de *sôzu kara-usu*, et on peut le trouver dans le *Shoku Mon.yô shû*, comme par exemple dans ce poème :

L'eau menée à la source
S'épuise-t-elle
Languissante ?
Le claquement du sôzu
Se fait rare.

D'ailleurs, bien des gens savent qu'aujourd'hui encore une de ces bascules fonctionne au Shisen-dô [1], au nord-est de Kyôto. Dans ce pavillon, on trouve un texte explicatif d'Ishikawa Jôzan, rédigé en chinois, où le terme lui-même est transcrit avec un autre jeu de caractères. Il est probable que la présence d'un *sôzu* dans notre Ermitage résulte d'une visite de mon grand-père au Shisen-dô, où la lecture de ce

1. Pavillon que fit construire le poète Ishikawa Jôzan et décoré des portraits de trente-six poètes chinois.

texte dut lui donner envie d'imiter la chose. On raconte que c'est pour décliner l'invitation que lui avait adressée l'empereur que Jôzan rédigea le poème suivant, poème qui figure justement dans la préface que j'ai mentionnée plus haut :

Même peu profond
Ce cours de la petite Semi
Je ne le franchirai pas
Honteux du reflet de ma vieillesse
Rides sur son onde !

Un estampage[1] de ce poème est suspendu dans le *tokonoma* du Shisen-dô, et nous en avons également un dans notre collection familiale.

Lorsque j'avais trois ou quatre ans, quelle profonde excitation me procuraient les claquements répétés de cette bascule !

« Tadasu ! Tu ne dois pas aller là-bas, tu vas tomber dans l'étang ! »

Mais sans prêter attention aux ordres répétés de ma mère, je bondissais dans le jardin, et, me frayant un passage entre les bambous nains de

1. Il était d'usage de reproduire sur papier des inscriptions lapidaires par un procédé d'estampage, en plaçant directement sur la surface gravée le papier destiné à recevoir l'inscription : ce papier, qui est en général humidifié pour lui permettre d'épouser parfaitement les creux de la pierre, est alors encré pour une impression en relief.

la butte artificielle, je tentais d'atteindre le bord du courant.

« Non ! Non ! C'est dangereux ! Tu ne dois pas aller dans ce coin-là tout seul ! »

Et, prise de court, ma mère — ou ma nourrice — se précipitait pour me retenir fermement par ma petite ceinture d'enfant. J'essayais malgré tout de me pencher en avant pour observer le courant. Je regardais l'eau qui s'accumulait dans le creux du bambou, puis se déversait brusquement dans l'étang : un claquement sec, et le tube vide venait reprendre sa place. Quelques minutes plus tard, il était à nouveau plein, et une fois encore claquait pour revenir sur sa position. J'ai l'impression que ce bruit est le souvenir le plus ancien que je garde de cette maison. C'est les oreilles pleines du matin au soir de ces claquements secs que j'ai grandi.

Ma nourrice, qui ne me quittait pas un instant des yeux, ne relâchait jamais son attention, ce qui n'empêchait pas ma mère de la réprimander à l'occasion :

« Voyons, O-Kane, attention ! Ne te laisse pas distraire ! »

À peu près au milieu de l'étang, il y avait un pont de terre, et bien que ma nourrice me tînt toujours fermement lorsque je voulais le traverser, ma mère accourait parfois en hâte à la rescousse. D'une manière générale, l'étang était peu profond, à l'exception d'une fosse où même un adulte n'avait pas pied, creusée de façon à offrir un refuge aux carpes et aux gardons lorsque l'étang était à sec. Comme cet endroit était juste à côté du pont de terre, ma mère répétait sans cesse combien il serait terrible que j'y tombasse, car même une grande personne ne pourrait s'en sortir !

De l'autre côté du pont, il y avait un kiosque, et, un peu plus à l'ouest, le pavillon de thé.

« Nounou ! Tu viens pas avec moi, tu restes dehors ! »

Je trouvais plaisir à y entrer seul, laissant ma nourrice attendre à l'extérieur. Et tout à la joie que me procurait ce pavillon exigu, au plafond bas, qui donnait l'impression d'une maison-jouet construite expressément pour les enfants, je m'allongeais sur le sol, je passais et repassais par les petites portes[1], j'essayais de tourner le robinet de l'arrivée d'eau, je dénouais les cordonnets des boîtes pour en sortir les ustensiles à thé, je tentais de déployer le grand parasol ; bref, je m'amusais sans jamais me lasser.

Dehors, ma nourrice se faisait du mauvais sang, et me pressait de sortir :

1. La porte principale du pavillon de thé est une petite porte basse ouverte à environ soixante centimètres du sol, de forme presque carrée, par laquelle les invités à la « cérémonie » pénètrent dans le pavillon. L'autre porte est une entrée généralement voûtée, en forme de lanterne, qui sert d'entrée de service.

« Allons, ça suffit, viens ! Ta mère va se fâcher ! Et puis là-dedans, c'est plein de mille-pattes géants ! Et s'ils te mangeaient, hein ? Qu'est-ce que tu ferais ? »

Il est vrai qu'il m'est arrivé deux ou trois fois de découvrir quelques grosses scolopendres rampant par là mais je ne me suis jamais fait piquer. En fait, j'étais bien plus terrifié par les cinq ou six *arhat*[1] de pierre qui étaient dispersés sur la butte et au bord de l'étang. Ils étaient beaucoup plus petits que les statues coréennes disposées aux abords de la seconde porte, et n'avaient guère que trois ou quatre pieds de haut, mais le sculpteur leur avait donné des expressions renfrognées étrangement japonaises. Ainsi l'un d'eux semblait vous dévisager d'un air réprobateur, le nez grimaçant sous un regard torve, alors qu'un autre laissait filtrer un sourire malveillant et sardonique. Aussi, une fois la nuit tombée, n'était-il pas question que je m'aventurasse dans leur direction.

De temps à autre, ma mère me conviait près d'elle sur la véranda d'où elle appelait les poissons de l'étang pour leur jeter des petits morceaux de galette.

1. Dans le bouddhisme, les *arhat* sont des hommes ayant atteint, après épuisement de leurs « naissances », un état de parfaite sainteté, ils peuvent ainsi terminer leur dernière existence dans une parfaite sérénité et un détachement total.

« Allons, allons, les carpes ! Allons, allons, les gardons ! »

Et sortant du trou profond où ils s'abritaient, plusieurs carpes et gardons apparaissaient. Assis sur la véranda, pelotonné contre ma mère, je m'appuyais à la rampe de la balustrade pour lancer des miettes avec elle, ou alors je m'installais sur ses genoux, savourant la douce chaleur de ses cuisses dodues, tandis qu'elle me serrait contre elle.

Certains soirs d'été, mes parents s'installaient au bord de l'étang, et nous y dînions tous trois dans une agréable fraîcheur. Nous faisions parfois venir un repas de la maison de thé Higaki, ou alors un traiteur envoyait quelqu'un qui apportait tous les ingrédients nécessaires et les préparait sur place, dans notre vaste cuisine. Mon père allait jusqu'au pied du *sôzu*, là où l'eau basculait en cascade, et y mettait de la bière à rafraîchir. Assise au bord de l'étang, ma mère laissait pendre ses jambes pour plonger ses pieds dans l'eau, et, ainsi immergés, ils m'apparaissaient encore plus beaux que d'habitude. Maman, qui était une personne de petite taille, avait des pieds menus, tout ronds, d'une belle blancheur de fine pâte ; elle les laissait tremper dans l'eau, parfaitement immobiles, comme pour mieux déguster la fraîcheur qui venait pénétrer son corps. Bien plus tard, devenu adulte, je tombai un jour sur ces vers :

Elle lave la pierre à encre
Au noir liquide
Les poissons s'abreuvent.

Mais à l'époque déjà, je souhaitais dans mon âme enfantine que les poissons ne vinssent pas seulement attirés par la nourriture, mais aussi pour jouer autour de si beaux pieds.

Par ailleurs, il y eut également la chose suivante : un jour, alors que je mangeais ma soupe, je demandai comment s'appelaient les choses gluantes qui y flottaient.

« Ce sont des *nenunawa*, répondit maman.

— Quoi ! répétais-je étonné, des *nenunawa* ?

— Mais si, tu sais, expliqua-t-elle, ces plantes aquatiques que l'on va ramasser à l'étang de Mizoro ! »

Souriant, papa intervint alors :

« Si tu appelles cela des *nenunawa*, plus personne aujourd'hui ne va comprendre. Maintenant, on dit des *junsai*[1].

— Ah vraiment ? Pourtant, ce son de *nenunawa* rend si bien cette impression de traînée gluante, vous ne trouvez pas ? Et puis, c'est le

1. Nom actuel d'une plante aquatique de la famille des nymphéacées. Elle pousse dans les eaux stagnantes, les racines immergées dans la vase. Du printemps à l'été, les jeunes feuilles, recouvertes d'une sorte de gelée visqueuse, sont comestibles.

terme qui apparaît dans toute la poésie ancienne. »

Et sur ces mots, elle se mit à réciter un vieux poème évoquant les *nenunawa.* Finalement, à partir de ce jour-là, toute la maisonnée — y compris les bonnes et les cuisiniers venus occasionnellement préparer un repas — adopta ce mot de *nenunawa* pour désigner les *junsai.*

Le soir, on m'envoyait au lit à 9 heures, et la nourrice m'emmenait me coucher. Je ne sais pas jusqu'à quelle heure mes parents veillaient, car ils dormaient dans le grand salon[1], celui qui donnait sur la véranda, alors que je partageais avec ma nourrice une pièce de six *tatami* sise au nord de celle de mes parents, et séparée de cette dernière par un couloir. Lorsque, n'arrivant pas à m'endormir, je faisais mon enfant gâté et que, tout agité, je réclamais : « Maman ! Laisse-moi dormir avec toi ! », elle venait voir ce qui se passait et, en me disant : « Allons, mon petit chéri ! », elle me prenait dans ses bras pour m'emmener dans sa chambre à coucher. Bien que la literie fût déjà préparée dans la grande pièce où dormaient mes parents, mon père, qui

1. Dans la maison traditionnelle japonaise, la literie — matelas compris — est rangée pendant la journée dans des armoires murales réservées à cet effet, il n'y a pas de « chambre à coucher » à l'occidentale, car, pendant la journée, les pièces où l'on dort restent disponibles pour d'autres usages.

était probablement allé à la villa au fond du jardin, n'était pas là. Ma mère, qui ne s'était pas encore changée pour la nuit, s'allongeait dans sa tenue habituelle, sans même défaire son *obi*, pour me serrer contre elle, ma tête sous son menton. Une lampe éclairait la chambre, mais comme j'ensevelissais mon visage entre les pans entrouverts de son kimono, je ne percevais qu'une vague pénombre alentour. Le parfum de ses cheveux, qu'elle nouait en chignon, effleurait mes narines. Je cherchais de mes lèvres le bout de son sein, le prenait dans ma bouche, le roulait sous ma langue. Sans rien dire, maman me laissait téter aussi longtemps que je voulais. Je crois me souvenir d'avoir pris le sein jusqu'à ce que je sois devenu passablement grand, car à cette époque personne n'insistait sur la question du sevrage. Tout en jouant sur son mamelon de la pointe de ma langue, je tétais de mon mieux, et alors, ô bonheur ! j'en tirais du lait. Des effluves où cette odeur lactée se mêlait au parfum de sa chevelure flottaient tout autour de mon visage enfoui dans sa poitrine. Il régnait là une obscurité profonde qui laissait pourtant deviner un faible halo blanchâtre autour de ses seins.

Dodo, dodo, l'enfant dort... Tout en me câlinant et en me caressant la tête et le dos, maman me chantait toujours cette berceuse :

Dodo, dodo, l'enfant dort
Dodo, dodo, l'enfant dort
Pleure pas beau bébé, dodo, dodo
Maman te caresse
Maman te tient dans ses bras
Pleure pas beau bébé, dodo, dodo !

Elle me fredonnait cet air deux ou trois fois, jusqu'à ce que je me sois paisiblement endormi. Et ainsi, agrippé à son sein dont je suçais le mamelon, je sombrais peu à peu dans le monde des songes. De temps en temps, le claquement de la bascule de bambou venait de loin franchir les lourds volets pour s'inscrire dans mon rêve.

Ma nourrice avait, elle aussi, un riche répertoire de berceuses, celle-ci par exemple :

Je demande à l'oreiller
Est-ce un bébé qui dort
Est-ce un bébé qui dort pas ?
L'oreiller est honnête
L'oreiller dit qu'il dort !

Ou encore celle-là :

L'autre soir dans mon rêve
À la foire du temple
J'ai vu un singe encapuchonné
Qui sonnait les cloches.

Nounou me chantait beaucoup de ces berceuses, mais le sommeil ne me venait pas facilement, et ce d'autant moins que je ne pouvais percevoir les claquements de la bascule de bambou de la chambre que je partageais avec elle. La voix de maman, au contraire, avait un rythme très particulier qui invitait à s'abandonner au rêve, et m'endormait bien vite.

Dans ce qui précède, je me suis contenté d'écrire « maman », sans autre précision, mais mon intention était d'évoquer ma vraie mère, celle qui m'a mis au monde. Pourtant, en y réfléchissant davantage, les souvenirs que je garde d'elle me semblent un peu trop précis pour ceux d'un enfant de moins de quatre ans. Ainsi, même en admettant qu'ils aient réellement pris place du vivant de maman, je me demande si des épisodes comme celui des pieds dans l'eau, ou comme l'anecdote des *nenunawa*, ont vraiment pu marquer de façon aussi indélébile l'enfant candide que j'étais ? Ne serait-il pas plus plausible d'estimer que les impressions de ma seconde mère se sont superposées à celles de la première, et que les deux se sont confondues dans ma mémoire ? En effet, à l'automne de mes cinq ans, alors que, devant l'entrée, le grand marronnier commençait à perdre ses premières feuilles, celle qui m'avait donné le jour mourut à l'âge de vingt-deux ans, d'une crise d'éclampsie alors qu'elle attendait mon petit frère, ou ma petite sœur. Deux ans plus tard, j'accueillais ma deuxième maman.

Je suis incapable de me rappeler clairement les traits de ma vraie mère. Ma nourrice me dit que c'était une femme d'une beauté remarquable, mais je ne parviens à évoquer qu'une vague silhouette au visage rond et plein. Bien niché dans ses bras, j'avais souvent l'occasion de la regarder de dessous, et je voyais distinctement ses narines qui, à la lueur de la lampe, prenaient par transparence une belle teinte rosée. Elle avait un nez bien dessiné, incomparablement plus beau que celui de ma nourrice par exemple, et de le contempler sous cet angle ne faisait que l'embellir davantage. Mais à part cela, si j'essaie de visualiser les traits distinctifs de son visage, de me représenter ses yeux, sa bouche, ses sourcils, je dois me contenter d'une impression d'ensemble, car aucun détail précis ne me revient en mémoire. Là encore, la physionomie de ma seconde mère était venue se superposer à la sienne, brouillant son image. Après la mort de ma mère, deux fois par jour, le matin et le soir, mon père accomplissait les rites funéraires bouddhiques, et je prenais généralement place à ses côtés pour prier avec lui. Sur l'autel, à côté de la tablette mortuaire, était disposée une photographie de la défunte, mais j'avais beau la regarder avec la plus grande attention, je ne sentais pas monter en moi cette impression de reconnaissance qui m'aurait fait m'exclamer que oui, c'était bien elle, que c'était bien celle qui m'avait donné le sein !

Sur cette photo, maman portait ses cheveux noués à la chinoise[1], et donnait l'impression d'une personne plus potelée que celle que j'avais vaguement en mémoire ; comme de plus le tirage était assez flou, il m'était impossible d'en tirer parti pour reconstruire dans mon esprit un portrait de la disparue. Je questionnais mon père :

« Dis, papa ! Cette photo, c'est vraiment maman ?

— Bien sûr ! Mais c'est une photo qui a été prise quand elle avait quinze ou seize ans, avant qu'elle ne vienne ici pour épouser papa.

— Ah bon ! Mais ça ne lui ressemble pas, tu ne trouves pas ? Pourquoi tu n'en mets pas une qui soit plus ressemblante ? Tu dois bien avoir des photos prises après le mariage, non ?

— Tu sais, ta maman, elle n'aimait pas être photographiée, et c'est la seule que j'aie où elle est toute seule. Sinon, il y a en bien deux ou trois prises plus tard, où on est tous ensemble, mais ta maman détestait ces photos parce que, à force de vouloir les retoucher, le photographe nous

1. Coiffure destinée aux jeunes filles entre quatorze et vingt ans, très en vogue dès la fin de l'époque d'Edo. Les cheveux sont réunis en deux gros rouleaux sur l'arrière de la tête.

avait vraiment fait des sales têtes. Sur celle-ci, tu sais, elle est encore une très jeune fille et c'est possible que son visage soit un peu différent de celui que tu gardes en mémoire, mais je t'assure que c'est bien comme cela qu'elle était avant notre mariage. »

Avec ces explications de papa, je parvins en effet à retrouver quelque part le contour général de son visage, mais cela ne suffisait pas pour faire vraiment revivre dans ma mémoire l'image perdue de maman.

Lorsque je restais appuyé à la balustrade de la véranda, la vue des carpes et des gardons qui nageaient dans l'étang me faisait soupirer après maman, et le bruit de l'eau qui cascadait dans la bascule de bambou me faisait languir d'elle. Mais c'était surtout le soir, une fois couché dans les bras de ma nourrice, que la nostalgie me saisissait avec une intensité impossible à décrire. Pourquoi ne revenait-il pas, tout ce monde de rêve doux et blanchâtre dans la tiédeur de son sein, avec ces effluves où le parfum de sa chevelure se mêlait à l'odeur du lait ! La disparition de maman signifiait-elle l'anéantissement de ce monde ? Cet univers, où donc l'avait-elle à jamais emporté ? Pour me consoler, la nourrice voulait me fredonner les paroles de *Je demande à l'oreiller, est-ce un bébé qui dort ? Est-ce un bébé qui dort pas ?*... mais cela ne faisait qu'augmenter mon chagrin :

« Non ! Arrête ! Arrête ! J'veux pas que tu chantes !... Je veux être avec maman ! »

Déchaîné sur ma couche, je rejetais mes couvertures et fondais en larmes. N'y tenant plus, mon père entrait alors dans la chambre et intervenait :

« Tadasu ! Tu dois pas embêter comme ça ta pauvre nounou ! Maintenant, tu vas être un gentil garçon et dormir bien sagement. »

Et devant mes sanglots redoublés, il poursuivait d'une voix troublée :

« Maman est morte et tu auras beau pleurer, ça ne la fera pas revenir ! Tu sais, ton papa, il a aussi envie de pleurer, encore bien plus, bien plus que toi, mais il supporte son chagrin, alors toi aussi, tu vas essayer d'être brave ! »

Puis la nourrice ajoutait :

« Si tu veux rencontrer ta maman, il faut prier de toutes tes forces devant l'autel, et alors, tu verras, elle viendra sûrement te visiter en rêve, et elle te dira : "Tadasu, comme t'es sage !", mais si tu continues de pleurer comme ça, elle ne viendra pas ! »

Un jour, ne sachant plus que faire devant ces sanglots que rien n'arrêtait, mon père me proposa de dormir avec lui, et m'emmena dans la grande chambre où je me couchai dans ses bras, mais cela échoua à me calmer, car il dégageait une odeur masculine si différente de celle de maman que j'en fus tout incommodé. Finalement, je préférais encore de loin partager le lit de ma nourrice.

« Papa, je ne suis pas bien avec toi, je veux quand même dormir avec Nounou !

— Bon, bon, alors va dormir dans la chambre d'à côté. »

Et dès lors, je dormis avec ma nourrice dans la pièce de huit *tatami* attenante au grand salon.

« Qu'est-ce que ça veut dire, ça ? Oser dire que tu ne te sens pas bien avec ton papa ! »

Alors que, ajouta-t-elle, je lui ressemblais comme deux gouttes d'eau, et que je ne ressemblais pas à ma mère. Mais ces mots ne firent que me replonger dans le désespoir.

Tous les soirs et tous les matins, sans jamais sauter un jour, mon père récitait des soûtras pendant une heure. Moi, j'égrenais mon petit chapelet pendant une dizaine de minutes, faisant en sorte d'apparaître devant l'autel vers la fin de sa lecture. Parfois, cependant, mon père m'attrapait par la main :

« Allons, viens faire tes prières à maman ! »

Il m'installait alors à côté de lui et me faisait rester immobile pendant tout le temps que prenait la récitation des soûtras.

Au printemps de mes six ans, je commençai à fréquenter l'école primaire, et si les soirs où je faisais des scènes à mon père ou à ma nourrice se faisaient de plus en plus rares, l'amour de maman me manquait de plus en plus. La seule présence de sa femme avait suffi à combler papa qui, de caractère peu sociable, n'aimait pas recevoir des invités, mais après sa disparition, la solitude finit tout de même, semble-t-il, par lui peser et il commença à sortir parfois pour se changer les idées. Ainsi, le dimanche, il nous emmenait volontiers, Nounou et moi, manger chez Hirahachi à Yamabana, ou faire une excursion du côté de Saga, par la ligne d'Arashi-yama.

« Tadasu, tu sais, quand ta maman vivait encore, on venait souvent ici, chez Hirahachi, pour manger des spécialités à l'igname. Est-ce que tu t'en souviens ?

— D'une fois seulement, oui, je me souviens d'un jour où des crapauds coassaient au bord de la rivière qui passe derrière.

— Ah ! oui ! C'est ça, et tu te souviens aussi que maman t'avait chanté :

Une brassée de bambous sasa !
Quelle joie, quelle joie !
Chinchin, gnam-gnam !
La bonne soupe à l'igname !

— Non, ça, je ne m'en souviens pas. »

Sur ce, comme si cela lui était venu tout à coup à l'esprit, papa me dit :

« Tadasu, s'il y avait quelqu'un qui ressemblait beaucoup à ta maman qui est morte, et qui serait d'accord pour être une maman pour toi, qu'est-ce que tu en penserais ?

— Pourquoi, il y a quelqu'un comme ça ? Quelqu'un que tu connais ? lui demandai-je d'un ton soupçonneux.

— Non, non, je disais cela comme ça, au cas où... » me répondit-il hâtivement, comme s'il voulait me faire oublier sa question.

Je ne peux pas dire exactement l'âge que j'avais quand cette conversation avec mon père prit place, aussi n'ai-je aucun moyen de savoir si à ce moment-là il avait déjà quelqu'un en tête, ou si ce n'étaient que des propos lancés au petit bonheur. Toujours est-il qu'au printemps de ma deuxième année d'école élémentaire, alors qu'au pied de la petite cascade les kerries étaient en pleine floraison, j'entendis un jour, à mon retour de classe, le son inattendu d'un *koto* s'élever dans la chambre du fond. Tiens ! Qui donc pouvait bien être en train de jouer ? Ma pauvre mère était une musicienne accomplie dans le style de l'école Ikuta, et quand elle s'installait près de la véranda avec son *koto* — un instrument de six pieds de long, laqué, orné d'un pin déraciné tracé à la poudre d'or —, j'avais souvent pu observer mon père qui restait là à ses côtés, absorbé par sa musique, à l'écouter avec ravissement. Après sa disparition, son *koto* bien-aimé, soigneusement emballé dans une toile huilée teinte de la triple feuille de paulownia du blason familial, avait été rangé dans son étui de laque noire, et déposé dans l'entrepôt où plus personne ne l'avait touché. Me demandant avec curiosité s'il s'agissait bien du même instrument, je m'apprêtais à entrer par la petite antichambre, lorsque j'entendis la voix de ma nourrice me chuchoter à l'oreille :

« Allons, viens regarder sans faire de bruit, il y a une jolie dame qui est là ! »

J'allai dans la pièce de huit *tatami* pour jeter un coup d'œil en entrouvrant légèrement le panneau qui donnait sur le grand salon, mais mon père m'aperçut tout de suite et m'invita à entrer d'un signe de main. Complètement absorbée par son *koto,* la dame continua de jouer sans se retourner, alors même que j'allais m'installer près d'elle. Assise dans la même posture que celle que prenait jadis maman, exactement au même endroit, elle avait orienté son instrument dans la même direction, et pour presser les cordes, elle allongeait la main gauche du même geste. Son *koto* n'était pas celui que nous avait légué maman, mais un instrument tout simple, sans aucun ornement. Papa la suivait avec attention, captivé par son jeu, assis de la même manière que lorsqu'il écoutait maman, avec rigoureusement la même attitude. Lorsqu'elle eut terminé son morceau, elle retira ses onglets d'ivoire, et se tournant pour la première fois vers moi, m'adressa un sourire :

« Tu t'appelles Tadasu, n'est-ce pas ? Tu ressembles beaucoup à ton papa.

— Dis poliment bonjour à la dame », fit papa en me faisant incliner la tête.

Après m'avoir encore demandé si je revenais de l'école, elle remit ses onglets pour exécuter un air dont j'ignore le titre, mais qui, avec ses longs développements, devait être difficile à jouer.

Pendant ce temps-là, sagement assis à côté de mon père, je la dévorais des yeux sans perdre le moindre de ses mouvements. Bien que je ne fusse qu'un enfant, elle semblait quelque peu gênée de ma présence, aussi, son morceau fini, ne conversa-t-elle qu'avec mon père, sans essayer de me flatter, se contentant lorsque nos regards se croisaient de m'adresser un beau sourire. Elle parlait à papa d'un ton calme et posé, qui contribuait aussi à donner le sentiment d'un être généreux et serein. Puis, un peu plus tard, un pousse vint la chercher, et elle nous quitta avant la tombée de la nuit ; elle s'en alla en nous confiant son *koto*, laissant l'instrument appuyé contre la paroi du *tokonoma* de la pièce de huit *tatami*.

Je m'attendais tout naturellement à ce que mon père me demandât ce que je pensais d'elle, et si je ne trouvais pas qu'elle ressemblait à maman, mais il n'en parla absolument pas. Quant à moi, je n'essayai pas davantage de l'interroger sur les relations qu'il entretenait avec elle. Quelque chose semblait nous faire hésiter à aborder le problème. Même en supposant que l'on m'eût demandé alors si cette personne ressemblait à ma mère, je dois dire pour être honnête que j'aurais certainement été bien en peine de répondre clairement. Le moins que je puisse dire, c'est que lors de cette première rencontre, je n'avais pas eu le sentiment de me retrouver devant la réincarnation de maman. Néanmoins, j'avais été favorablement impressionné par cette jeune femme de petite taille, potelée, au visage tout rond, qui savait retenir l'attention des gens par sa façon tranquille et mesurée de s'exprimer, et surtout par la mesure dont elle avait fait preuve lors de cette première rencontre, évitant de me couvrir de compliments hypocrites. S'il fallait vraiment trouver une ressemblance, alors oui, sur ce plan-là, en effet, elle pouvait faire penser à maman.

« Qui c'est, cette dame ?

— Écoute, moi non plus, je ne sais pas. »

Lorsque je voulus interroger discrètement ma nourrice, je n'en tirai rien, soit qu'on lui eût demandé de se taire, soit qu'elle fût réellement dans l'ignorance.

« C'est la première fois qu'elle vient, aujourd'hui ?

— Non, je crois que ça fait la troisième, mais c'est la première fois qu'elle joue du *koto.* »

Après cela, je la revis encore une fois, en cette saison où l'on entend chanter le coucou. Ce jour-là, après avoir joué du *koto*, elle nous rejoignit, papa et moi, pour jeter des miettes aux poissons de l'étang, et elle se montra un tout petit peu plus familière à mon égard, ce qui ne l'empêcha pas de rentrer chez elle avant le dîner. En fait, il n'est pas exclu qu'elle soit venue — à mon insu — beaucoup plus fréquemment à la maison, car cette fois également, elle laissa son instrument dans le *tokonoma*.

« Tadasu, viens un peu ici ! »

J'avais fêté mes huit ans cette année-là, et nous étions au mois de mars, quand mon père me fit ainsi venir dans la pièce donnant sur la véranda pour me parler. C'était certainement après le repas du soir, vers les 8 heures, alors que nous nous retrouvions seuls, le père et le fils, en tête à tête, qu'il s'adressa à moi sur un ton cérémonieux, empreint d'une solennité inhabituelle :

« Je ne sais pas ce que tu penses de la personne qui est venue jouer du *koto*, mais, après mûre réflexion, en songeant aussi bien à ton avenir qu'au mien, j'aimerais qu'elle m'épouse et vienne habiter avec nous. Tu vas bientôt entrer en troisième année, alors j'aimerais que tu essaies de bien comprendre ce que je dis. Comme tu le sais, personne ne m'était plus cher que ta maman qui est morte. Si elle était là, bien en vie, ton papa n'aurait besoin de rien de plus. Après que ta maman nous eut quittés de la sorte, je suis resté longtemps sans vraiment savoir ce qu'il serait bon de faire, jusqu'à ce que, par hasard, je fasse la connaissance de cette jeune femme. Je crois que tu ne te souviens pas clairement du visage de ta maman, mais je t'assure que tu comprendras un jour que, sur de nombreux plans, cette personne lui ressemble. Quand je parle de ressemblance, je ne veux pas dire être le portrait vivant de l'autre, parce que ça, il ne faut pas s'attendre à le trouver chez les hommes — sauf pour les jumeaux ou des cas de ce genre. Non, ressembler à quelqu'un, ce n'est pas cela ! Mais si tu regardes l'expression de son visage, sa manière de parler, de se tenir, et cette nature, douce certes, mais aussi sereine et profonde, alors sur tous ces plans-là, tu verras combien elle ressemble à ta maman. Tu sais, ton papa n'aurait jamais songé à se remarier s'il n'avait rencontré quelqu'un comme elle ! C'est précisément parce qu'une telle personne existe que j'ai pu désirer le faire. Qui sait, c'est peut-être maman qui, pensant à ton avenir et à celui de ton papa, a fait en sorte que cette rencontre se produise ! Si cette personne acceptait dorénavant de vivre avec nous, combien cela t'aiderait à grandir ! De plus, comme nous avons maintenant commémoré le troisième anniversaire[1] de la disparition

1. Le *sankai-ki*, la troisième célébration qui prend place deux ans après les funérailles.

de maman, je pense que le moment serait bien choisi. Dis, Tadasu, tu comprends bien ce que je veux dire ? »

Curieusement, j'avais parfaitement saisi où mon père voulait en venir avant même qu'il fût à la moitié de ses explications, et je l'approuvais pleinement. Devant le ravissement qui colorait mon visage, papa ajouta :

« Bon, puisque tu as bien compris, il y a encore une chose que j'aimerais t'expliquer. Une fois que cette personne sera avec nous, je voudrais que tu ne penses pas que c'est une deuxième maman qui est venue, mais que c'est ta maman, celle qui t'a mis au monde, qui vit toujours et qui est revenue après avoir fait un long séjour quelque part ! D'ailleurs, même si je ne te le disais pas maintenant, tu finirais tout naturellement par le penser un jour. Tes deux mamans se fondront en une seule, et tu ne pourras plus les différencier. Ta maman s'appelait Chinu, et ta nouvelle maman s'appellera aussi Chinu ! Et de plus, elle fera tout comme l'aurait fait ta première maman, elle agira comme elle, et elle te parlera comme elle. »

Après ce soir-là, papa cessa de m'appeler à l'heure de ses prières matinales et vespérales pour me faire rester longuement assis à ses côtés devant l'autel familial, comme il le faisait auparavant. Il diminua aussi progressivement le temps consacré à la récitation des soûtras. Je me souviens que le mariage fut célébré un peu plus tard, un soir d'avril, dans la grande pièce donnant sur la véranda, mais je ne peux me rappeler si la cérémonie fut suivie ou non d'un banquet dans un restaurant. De toute façon, cela se passa sur un pied très modeste, et tant d'un côté que de l'autre, seuls deux ou trois membres de la famille étaient présents. Dès le lendemain, mon père appelait sa nouvelle femme Chinu, alors que, répondant à la demande qu'on m'avait faite de lui dire « maman », je parvenais avec une aisance surprenante à utiliser ce mot. Au cours des deux ou trois dernières années, j'avais pris l'habitude de dormir dans la chambre de mon père, séparé de lui par un simple *fusuma*, mais du soir où ma nouvelle maman vint s'installer, je retournai dormir avec ma nourrice, dans la pièce de six *tatami*. Avec l'arrivée de sa nouvelle épouse, mon père semblait goûter un bonheur entier, et il avait repris une vie conjugale en tout point identique à celle du temps de ma maman disparue. Dans ce genre de circonstances, le personnel de maison, installé depuis longtemps dans la place, se met volontiers à cancaner, mais la nouvelle venue devait posséder une vertu très particulière, car tant la nourrice que les bonnes s'attachèrent à elle et la servirent exactement comme leur ancienne maîtresse. À la maison, la vie reprit sur tous les plans le rythme de jadis. Assis près de maman, papa l'écoutait jouer du *koto*, exactement comme il écoutait autrefois jouer la disparue ; de plus, l'instrument aussi était désormais identique, car l'on avait ressorti de l'entrepôt le *koto* au motif de pin déraciné laissé par ma mère défunte. L'été, nous nous installions tous trois au bord de l'étang pour y prendre le repas du soir. Mon père allait jusqu'au pied du *sôzu*, là où l'eau basculait en cascade, pour y mettre de la bière à rafraîchir. Maman laissait pendre ses jambes pour plonger ses pieds dans l'étang. Quand je vis ses pieds translucides immergés dans l'eau, je me remémorai spontanément ceux de maman, jadis, et j'eus l'impression de retrouver les mêmes. Ou plutôt, pour exprimer plus précisément ce que j'éprouvai, je devrais dire que, en voyant par hasard ces pieds, il me revint qu'effectivement les pieds de maman, autrefois, avaient exactement la même forme, car leur souvenir, déjà ténu, avait fini par s'effacer de ma mémoire. Par ailleurs, appelant elle aussi les *junsai* qui flottaient dans le bol de soupe des *nenunawa*, elle me parla de l'étang de Mizoro.

« Tadasu, tu vas sûrement bientôt étudier à l'école les poèmes du *Kokin shû*, et tu verras, il y en a un qui dit :

À l'étang clos
Croissent des profondeurs
Les nenunawa

Je ne me vanterai pas de notre nuit
Ne craignez donc point ma visite. »

Et elle me récita le poème de Mibu no Tadamine.

Comme je l'ai déjà dit, lorsque j'évoque ces souvenirs de pieds dans l'eau, de *nenunawa* ou d'autres encore, je ne sais trop si ce sont des choses entendues ou ressenties autrefois, du vivant de ma vraie mère, puis revécues avec ma nouvelle maman, ou si, en fait, c'est avec elle que je les ai vécues pour la première fois. Mon père s'était employé à me faire effacer toute différence entre ma mère naturelle et ma mère adoptive, en me faisant confondre leurs faits et gestes, et il est certain qu'il avait fait part de son plan à la nouvelle venue.

Un beau soir, ce devait être à l'automne de cette même année, alors que je m'apprêtais à aller au lit avec ma nourrice, maman entra dans la chambre :

« Tadasu, tu te rappelles comme tu tétais ta maman jusqu'à l'âge de quatre ans à peu près ?

— Oui, je m'en souviens.

— Et tous les soirs, tous les soirs, tu demandais qu'on te chante des berceuses, ça aussi tu t'en souviens ?

— Oui, je m'en souviens.

— Dis, est-ce que maintenant, tu aurais encore envie que maman fasse la même chose ?

— Oh oui, ça, j'aimerais bien, mais... ! »

Alors que je répondais en rougissant, je sentis mon cœur battre soudain à grands coups dans ma poitrine.

« Bon, ce soir tu vas dormir avec maman, viens avec moi. »

Et me prenant la main, elle m'amena dans la chambre donnant sur la véranda. La couche des époux était préparée, mais mon père n'était pas là. Maman, son large *obi* bien serré, ne s'était pas encore changée pour la nuit. Au plafond, une lampe était allumée. On entendait les claquements secs de la bascule à eau. Tout était comme avant. Reposant sa tête coiffée d'un chignon sur un oreiller[1] en forme de coque de bateau, maman s'allongea. « Allons, viens ! », me dit-elle en soulevant la couverture, et elle me fit entrer dans son lit. J'avais déjà bien grandi, bien trop pour pouvoir me blottir tout entier contre elle sans atteindre son menton, mais comme il eût été embarrassant de nous retrouver visage contre visage, je me recroquevillai de mon mieux pour me faire tout petit sous les couvertures. Je me retrouvai ainsi le nez juste à la hauteur de l'échancrure de son *han.eri*[2].

1. Traditionnellement, afin de ne pas défaire leurs chignons élaborés, les Japonaises et Japonais utilisaient des repose-tête en bois ou en porcelaine, dont les extrémités étaient recourbées en forme de coque de bateau, et sur lequel on posait un oreiller de tissu rempli de coton ou de paille.

2. Sorte de col amovible porté sur un kimono de dessous.

« Tadasu, tu veux téter ? »

J'entendis alors, au-dessus de ma tête, maman me parler à mi-voix, alors que, le visage penché vers moi, elle regardait sous la couverture. Quelques mèches de sa chevelure effleuraient mon front qu'elles rafraîchissaient.

« Dire que pendant si longtemps, tu as dû dormir tout seul avec ta nourrice, tu devais vraiment te sentir abandonné. Puisque tu avais envie de dormir avec maman, pourquoi ne l'as-tu pas dit tout de suite ? Tu n'osais pas ? »

J'acquiesçai de la tête.

« Quel étrange enfant tu fais ! Allons, viens vite chercher du lait ! »

Ayant écarté les pans de son col, je pressais mon visage entre ses seins, tandis que mes mains s'affairaient autour de ses mamelons. Elle pencha son visage au-dessus de moi pour me regarder, laissant alors la lumière de la lampe filtrer sous la couverture. Je prenais ses tétons dans ma bouche, passant de l'un à l'autre, et j'essayais de les téter d'une langue appliquée, mais malgré cela, le lait ne venait toujours pas.

« Tu me chatouilles !

— Il ne sort pas une seule goutte de lait ! J'ai sûrement oublié comment on fait.

— Mon pauvre petit ! Il te faudra patienter jusqu'à ce que j'aie un bébé, et alors il y aura beaucoup de lait. »

Mais je ne lâchais pas pour autant ses seins,

suçant et suçant encore, inlassablement. Tout en sachant que mon obstination était vaine, je prenais plaisir à simplement faire rouler dans ma bouche les pointes de ces éminences rebondies, ces petites choses résistant sous la langue.

« Je suis vraiment désolée, avec tout le mal que tu te donnes ! Tu tiens tant que ça à téter, même s'il ne sort rien ? »

Sans abandonner ma tétée, j'opinais vigoureusement. Bien qu'il ne pût y avoir d'odeur de lait, j'avais l'impression, par association de sensations, de retrouver ce monde d'effluves laiteuses mêlées au parfum d'huile pour cheveux qui flottaient jadis entre les seins maternels, ce monde de rêve tiède et blanchâtre. Ce monde que maman, croyais-je, avait emporté au loin avec elle, à tout jamais, je le retrouvais de façon inattendue.

Dodo, dodo, l'enfant dort
Dodo, dodo, l'enfant dort
Pleure pas beau bébé, dodo, dodo.

Avec le même rythme qu'autrefois, maman me chantait cette berceuse. Pourtant ce soir-là, j'étais bien trop excité pour m'endormir facilement et, malgré la mélodie, je continuais à sucer ses mamelons.

Et c'est ainsi que, en l'espace de quelque six mois, j'en vins, non pas tant à oublier ma maman d'autrefois, qu'à ne plus pouvoir la distinguer clairement de celle d'alors. Lorsque je voulais me représenter le visage de la disparue, c'était celui de ma mère de maintenant qui surgissait ; lorsque je me proposais d'entendre la voix de la première, c'est celle de la seconde qui résonnait. Graduellement, l'image de « maman-d'avant » se confondit avec celle de « maman-de-maintenant », et j'en vins à ne plus pouvoir penser à « maman » autrement que sous cette forme. Mon père avait parfaitement atteint le but qu'il s'était proposé. Lorsque j'eus douze ou treize ans, je finis par dormir seul la nuit, mais même alors, il m'arrivait de temps à autre de languir du sein maternel : « Maman, laisse-moi dormir avec toi ! », et écartant les pans de son kimono, je suçais un lait absent au rythme d'une berceuse. Une fois paisiblement endormi, je suppose qu'on me portait dans la chambre de six *tatami*, car c'est là que je me retrouvais seul le matin, à mon réveil. Quand je priais maman de me laisser dormir avec elle, elle acceptait toujours avec joie, et mon père y consentait également.

Où donc était née cette nouvelle maman ? Quel genre d'éducation avait-elle reçu ? À la suite de quelles circonstances avait-elle épousé papa ? Je restai longtemps sans rien savoir de son passé, car il n'y avait eu personne pour m'en parler. Je m'étais bien dit une fois qu'il serait possible d'obtenir quelques indications en consultant les registres d'état civil; néanmoins, obéissant à la demande de mon père de ne pas penser à elle comme à une seconde maman, mais de la considérer comme celle qui m'avait véritablement mis au monde, je m'étais bien gardé de prendre l'initiative d'une enquête. Pourtant, lorsque je quittai l'école secondaire préfectorale pour entrer en troisième année de lycée, je dus aller me procurer un extrait d'état civil, et ce fut en cette occasion que j'appris que maman ne se prénommait pas réellement Chinu, mais Tsuneko.

Une année plus tard, la nourrice qui avait été si longtemps en service à la maison nous quitta, à cinquante-sept ans, pour retourner dans son village natal de Nagahama. Un jour, probablement vers la fin octobre, nous nous étions rendus tous deux au sanctuaire de Shimogamo, et, après avoir jeté son obole et frappé rituellement dans ses mains, elle m'avait dit d'une voix chargée d'émotion :

« Je ne reviendrai sûrement pas de sitôt prier ici ! »

Puis elle m'invita à aller faire quelques pas avec elle. Nous prîmes alors l'allée principale du sanctuaire, celle qui s'enfonce dans le bois en direction du pont aux Mauves. Soudain, sans préambule, elle m'adressa une bien étrange question :

« Dis, au fond, tu es déjà au courant de tout, non ?

— Au courant ? Mais tu es en train de parler de quoi ?

— Comment, de quoi ? Si vraiment tu ne sais pas, alors je ne veux pas en parler.

— Enfin, dis tout de même de quoi il s'agit.

— Je me demande si c'est vraiment une bonne chose... »

Tout en me laissant curieusement dans l'expectative, elle poursuivit :

« Mais enfin, en ce qui concerne ta mère actuelle, tu dois bien être à peu près au courant, non ?

— Mais non, je ne sais rien du tout, sinon que son vrai prénom est Tsuneko.

— Mais comment as-tu appris ça ?

— L'année dernière, quand j'ai dû demander un extrait d'état civil.

— Tu ne sais vraiment rien d'autre, t'es bien sûr ?

— Non ! À part ça, je ne sais rien du tout ! D'abord, papa m'a toujours dit de ne pas m'en occuper, et puis, toi non plus, tu ne m'as jamais rien expliqué. Alors, j'ai décidé de ne pas poser de questions.

— Tant que j'étais en service dans ta famille, il n'était pas question que je t'en parle, mais maintenant que je rentre dans mon pays natal, dans le Gôshû, et que j'ignore quand nous aurons l'occasion de nous revoir, j'ai l'impression qu'il vaut quand même mieux que tu sois au courant, mais tu garderas ça pour toi, hein ?

— Bon, alors dans ce cas, n'en parle pas ! Après tout, j'aime autant continuer à faire comme le dit papa, lui dis-je sans trop de conviction.

— Oui, mais de toute façon, tu finiras bien par être mis au courant, tôt ou tard, alors à tout prendre, autant que ça soit fait maintenant. »

Et elle laissa échapper, bribe par bribe, une histoire décousue qui, malgré moi, me fascina, alors que nous descendions et remontions l'allée du sanctuaire.

« Tout ça bien sûr, ce sont seulement les bruits qui courent, et je ne peux pas te garantir que tout soit vrai. »

La rumeur, me raconta-t-elle alors, voulait que ma seconde mère soit née dans une famille qui possédait dans le quartier de Nijô un grand magasin spécialisé dans la papeterie de luxe et le matériel de calligraphie, dans le genre du Kyûkyo-dô actuel. Cependant, l'entreprise familiale ayant fait faillite lorsque ma mère avait environ neuf ans, il n'en restait plus la moindre trace aujourd'hui. Par la suite, elle avait été placée comme apprentie dans une maison de geishas de Gion, et, entre douze et quinze ans, avait travaillé comme *maiko*. Ma nourrice ignorait son nom d'artiste ainsi que celui de la maison pour laquelle elle travaillait, mais en faisant une enquête, on pourrait probablement les retrouver. Puis, on racontait que le fils d'un grossiste en coton d'Ayano-kôji-Nishi-no-tô.in avait racheté son contrat — elle avait alors quinze ans — pour l'épouser et l'installer dans sa famille, de façon tout à fait officielle selon les uns, sans pour autant l'inscrire sur le registre familial d'après les autres. Quoi qu'il en fût, elle avait été traitée comme une épouse légitime, et avait mené pendant quelques années la vie d'une jeune bourgeoise mariée à un riche négociant, mais, l'année de ses dix-huit ans, elle avait été répudiée pour une raison ou une autre. Certains évoquaient diverses pressions de la famille ou de la parenté, d'autres le mari, un débauché qui, s'étant lassé d'elle, s'en serait débarrassé. Malgré l'indemnité confortable qu'elle avait dû toucher, elle était retournée chez ses parents, qui menaient une existence obscure du côté de Rokujô ; elle avait alors aménagé une salle de classe à l'étage, et s'était mise à gagner sa vie en donnant des cours d'arrangement floral et de cérémonie du thé aux jeunes filles du quartier. C'est apparemment au cours de cette période que mon père avait fait sa connaissance, mais de nombreux points de détail restaient obscurs, comme ceux touchant aux circonstances de leur première rencontre, ou encore aux lieux où ils se retrouvaient avant que, une fois mariée, elle ne vînt s'installer à l'Ermitage aux hérons.

Après la mort de sa femme, mon père avait attendu deux ans et demi avant de se remarier. Même si la deuxième lui rappelait irrésistiblement la première, je n'arrive pas à croire qu'elle aurait pu l'attirer moins d'une année après la disparition de celle qu'il avait tant aimée ; aussi, lorsque l'idée de se remarier s'imposa vraiment, ce ne put être, au plus tôt, qu'une année avant la cérémonie. Sa première femme était morte à vingt-deux ans, la seconde en avait vingt quand elle épousa papa, qui, avec ses trente-trois ans, était donc son aîné de treize ans, alors qu'avec mes huit ans j'en avais douze de moins qu'elle.

Cette révélation du passé de maman, tout en éveillant considérablement ma curiosité, m'avait aussi impressionné sur bien des plans. Tout d'abord, je n'aurais jamais imaginé un seul instant que maman pût avoir, entre douze et quinze ans, travaillé comme *maiko* dans le quartier de Gion. Certes, son parcours était bien différent de celui d'une danseuse ordinaire : elle sortait en effet d'une bonne famille, et elle n'avait exercé son métier que quelque trois ans, avant d'être rachetée pour épouser l'héritier d'une importante maison de commerce, menant dès lors une vie au cours de laquelle elle avait pu se cultiver à loisir, mais il était néanmoins admirable qu'elle ait su préserver intactes sa générosité et sa douceur naturelles. Et que dire encore de ses manières distinguées, de l'élégance de sa langue, où l'on retrouvait les traditions des grandes familles bourgeoises d'antan ! Considérant qu'elle avait tout de même vécu un certain temps — même s'il ne s'agissait que de trois ou quatre ans — dans le monde flottant « des fleurs et des saules [1] », on aurait pourtant pu s'attendre à ce que les façons de parler de cet univers transparaissent un tant soit peu, mais peut-être les remarques insistantes de sa belle-famille, pendant les années qu'elle avait passées chez le grossiste en coton, avaient-elles atteint leur but.

Je trouvais tout naturel que mon père, rencontrant par hasard une personne de cette qualité alors qu'il pleurait sa triste solitude, ait pu être séduit. Je comprenais aussi fort bien qu'il ait cru retrouver intactes en elle toutes les qualités de la disparue, et enfin, qu'il ait pensé qu'elle saurait faire oublier la tristesse d'avoir perdu sa mère à l'enfant qu'elle lui avait laissé. Je pus alors mesurer à quel point mon père avait non seulement songé à lui, mais à moi aussi. Car je dois dire que seuls les efforts d'un père extraordinairement déterminé pouvaient arriver, en

1. Expression figée — empruntée au chinois — pour désigner l'univers des quartiers de plaisir et, par extension, les courtisanes.

coulant ma nouvelle maman dans le moule de l'ancienne, à me faire penser à elles comme à une seule et même personne, même s'il va sans dire qu'il fallait aussi que la nouvelle venue y mît du sien. Je compris alors que l'amour qu'il portait à ma nouvelle maman et à moi-même ne faisait que renforcer davantage son attachement à la disparue. Cela étant, on pourrait aussi estimer que ma nourrice avait réduit à néant les patients efforts de mon père en levant le voile sur le mystérieux passé de ma mère actuelle, mais en fait, ces révélations ne firent qu'approfondir mes sentiments de gratitude envers mon père et de respect envers ma nouvelle maman.

Après le départ de ma nourrice, nous prîmes une bonne supplémentaire, ce qui porta leur nombre à quatre. Puis, en janvier de l'année suivante, je découvris que maman était enceinte. On était dans la onzième année de leur mariage. Comme elle n'avait pas eu d'enfant de son premier mari, ni mon père ni elle-même n'avaient, semble-t-il, jamais envisagé que cela pût arriver à son âge. Elle s'en inquiétait à tout propos :

« Tout de même, c'est bien embarrassant, de me retrouver avec un gros ventre comme ça, à mon âge !... »

Ou encore :

« Mais une première grossesse à plus de trente ans, il paraît que c'est très délicat, non ?... »

Comme jusqu'alors ils avaient l'un et l'autre

concentré tout leur amour parental sur mon unique personne, il se peut qu'ils aient éprouvé quelque crainte à me faire part de la nouvelle, mais dans ce cas, ils se trompaient lourdement, car je me faisais une immense joie à l'idée d'avoir un petit frère ou une petite sœur, après être resté fils unique pendant près de vingt ans. Par ailleurs, il y avait aussi chez mon père le souvenir douloureux de la disparue, morte alors qu'elle était enceinte, qui devait venir parfois assombrir son cœur. De toute façon, je m'étonnais du comportement de mes parents, qui semblaient éviter de parler de l'enfant attendu en ma présence, et je finis par remarquer qu'une curieuse mélancolie se peignait sur leurs visages lorsque le sujet était abordé. Il arrivait aussi à maman de dire :

« Mais à mon âge, je ne tiens pas à avoir un bébé. D'ailleurs, moi, tant que j'ai mon petit Tadasu, je suis comblée ! »

Bien qu'elle s'exprimât d'un ton badin, il me semblait que ce n'était pas dans son caractère de dire des choses qu'elle n'éprouvait pas, simplement pour cacher son embarras.

« Maman ! Mais comment peux-tu dire ça ! »

Je protestais, alors que mon père semblait, à tout prendre, approuver les propos de sa femme.

Après la visite médicale qu'il lui avait fait passer, le médecin avait déclaré qu'elle avait certes une petite faiblesse cardiaque — rien qui pût faire obstacle à l'accouchement —, mais qu'en somme, elle jouissait d'une robuste constitution : et ainsi, au mois de mai, elle mettait au monde un petit garçon. L'accouchement devant avoir lieu à la maison, on avait réservé à cet usage la chambre de thé de six *tatami* qui m'avait été attribuée. Le nouveau-né était un beau bébé parfaitement sain, et mon père finit par lui donner le nom de Takeshi ; pourtant, un jour que je rentrais de l'école, deux semaines à peine après sa naissance, je découvris à ma profonde stupéfaction que mon petit frère n'était plus à la maison.

« Papa ! Où est-ce que Takeshi est allé ?

— On l'a fait adopter par ceux de Shizu.ichino[1]. Tu sais, on a de bonnes raisons de faire cela, et je suis sûr que, tôt ou tard, tu finiras, toi aussi, par les comprendre, mais pour l'instant, je dois te demander de ne pas trop insister sur ce sujet. D'ailleurs, ce n'est pas une décision que j'ai prise tout seul, mais avec ta mère. Dès que nous avons su que cet enfant

1. Il était d'usage assez courant de faire adopter l'un ou l'autre de ses propres enfants, surtout un fils cadet, par une famille parente ou alliée. Dans les milieux de commerçants et d'artisans des centres urbains, les raisons étaient souvent médicales, mais à partir de l'époque Meiji, ce procédé fut aussi fréquemment utilisé pour soustraire les garçons à la conscription, en les faisant adopter par des familles n'ayant pas de fils aîné, car ces derniers étaient alors exemptés de service militaire.

allait venir, nous en avons discuté tous les soirs, et c'est surtout elle, encore plus que moi, qui a tenu à ce qu'on adopte cette solution. Je reconnais que ce n'est peut-être pas bien de notre part d'avoir pris une telle décision sans t'en avertir, mais nous avons pensé que de t'en parler au préalable n'aurait fait que compliquer les choses. »

Abasourdi, je ne pus pendant un long moment que dévisager mon père. Maman, relevée de couches depuis le jour précédent, devait s'être intentionnellement éloignée, car elle n'était pas visible.

« Et maman, où est-elle ?

— Je ne sais pas, elle est peut-être sortie dans le jardin... » répondit papa d'un ton innocent.

Je me rendis immédiatement dans le jardin. Maman était accroupie au milieu du pont de terre, absorbée, jetant des petits croûtons aux poissons et frappant dans ses mains pour les attirer. Alors que je m'approchais, elle se releva et se dirigea de l'autre côté de l'étang, pour prendre place sur un des sièges de porcelaine installés près des *arhat* aux sinistres grimaces, puis elle me fit signe de venir m'asseoir sur le siège qui lui faisait face.

« Maman ! Papa vient de me mettre au courant, mais qu'est-ce que c'est que cette histoire ?

— Tadasu, tu es à ce point surpris ? »

Son sourire habituel, le sourire tranquille de

celle que rien ne peut troubler, vint s'inscrire sur la plénitude de son beau visage lisse. S'efforçait-elle de dissimuler la douleur d'une mère à qui l'on a arraché l'irremplaçable trésor qu'elle vient de mettre au monde ? Non ! son regard était bien trop serein pour cela.

« Bien évidemment que j'ai été étonné, il y a de quoi, enfin !

— Mais pourtant, Tadasu, l'autre jour encore, je te répétais que tu étais le seul enfant dont j'avais besoin ! »

Et elle poursuivit, sans que rien ne vînt troubler la sérénité de son expression :

« C'est une décision bien réfléchie que nous avons prise ensemble, ton père et moi. Allons, on en reparlera plus tard, bien tranquillement. »

À partir de ce soir-là, je dormis à nouveau dans la chambre qui avait servi à l'accouchement. Je restai pratiquement jusqu'à l'aube sans trouver le sommeil, car plus je réfléchissais au sens caché de tout cela, et moins je comprenais ce qui s'était passé.

À propos, il serait peut-être bon que je donne maintenant quelques précisions sur le Shizu.ichino que mon père avait mentionné.

Ce village est situé dans l'ancien district d'Ichiharano, célèbre par le récit des aventures de Raikô aux prises avec Kidômaru et Hakamadare, et de nos jours encore, le nom d'Ichihara désigne l'une des sections du district, ainsi que l'une des gares de la ligne menant à Kurama. En fait, cette ligne électrifiée ne fut ouverte que bien plus tard, et, à l'époque où se passe cet épisode, il fallait pour se rendre à ce village, distant de deux ou trois lieues de Kyôto, louer un pousse, ou alors prendre la diligence de Demachi à Miyake-Hachima, et de là, marcher encore une bonne lieue et demie. En fait, le village de Shizu.ichino est plus proche de Kurama que de Kyôto, car si l'on se base sur les gares de la ligne de chemin de fer, on a donc la station de Shûgaku-in, la quatrième après le départ de Demachi, puis celles de Yamabana, de Hachiman-mae, d'Iwakura, puis, trois arrêts plus loin, la station d'Ichihara, c'est-à-dire de notre Shizu.ichino, suivie encore, deux arrêts plus loin, de celle de Kibuneguchi et enfin du terminus de Kurama. Depuis plusieurs générations, nous étions liés à une famille de paysans de ce village, les Nose — probablement parce qu'un de mes ancêtres avait été envoyé en adoption chez eux —, et encore à l'époque de mon père, le chef de famille, ou sa femme, ne manquait jamais de venir nous présenter ses respects au moment du O.bon et des fêtes de la Nouvelle Année, nous apportant une carriole pleine de légumes frais. Toute la maisonnée se réjouissait de leur venue, car leurs produits, en particulier leurs aubergines et leur soja en branche, étaient d'une qualité introuvable sur les marchés. Quant à nous,

nous leur rendions souvent visite en automne, lorsqu'ils nous invitaient pour les champignons, et avec mes parents, ma nourrice et quelque autre membre de la famille, nous passions la nuit chez eux ; aussi était-ce un lieu qui m'était familier depuis ma petite enfance.

Pour se rendre depuis leur ferme au mont à champignons qu'ils possédaient, on remontait le cours de la Kurama, l'un des affluents de la Kamo. L'on était déjà passablement plus haut que Kyôto, et, arrivé à mi-côte environ, on pouvait apercevoir tout en bas, très loin, les bâtiments de l'hôtel de Keage. On raconte qu'au début de la période des Tokugawa, Fujiwara Seika s'était retiré dans ce coin après avoir refusé l'invitation du shôgun de le suivre à Edo. Son ermitage a aujourd'hui disparu, mais il en reste quelques traces à l'extrémité d'un des coudes de la Kurama. Seika avait distingué dans les parages huit sites remarquables — qui d'ailleurs existent toujours —, auxquels il avait attribué des noms tels que « grotte du Torrent-oreiller », « gouffre aux Oiseaux volants » ou encore « ravin aux Six Torrents ». C'est également dans cette région que se trouve le temple de Fudaraku populairement appelé « Komachi-dera », qui abrite, dit-on, les sépultures d'Ono no Komachi et du général de Fukakusa. Par ailleurs, un ancien guide illustré identifie ce temple comme étant bien le Fudaraku où se serait arrêté l'empereur retiré

Goshirakawa lors de ce déplacement à Ôhara que relate le *Heike monogatari.* Dans le livret de nô intitulé *Kayoi Komachi,* après avoir évoqué un voyageur de jadis qui, passant par Ichiharano, avait entendu, surgissant d'un bosquet de *susuki,* une voix qui chantait :

Vent d'automne
Sous ton seul souffle
Ah mes yeux ! Mes yeux douloureux !
Non ! comment dirais-je Ono-petite-lande ?
Ce ne sont que des susuki[1] *qui croissent.*

le *waki* ajoute : « Cette femme, tout à l'heure, ce devait être le spectre d'Ono no Komachi, aussi vais-je aller à Ichiharano prier pour la paix de son âme. » Moi-même, d'ailleurs, j'ai vu une fois une vieille peinture qui représentait des *susuki* poussant à travers les orbites vides d'un crâne censé être celui de Komachi, et, au temple de Komachi-dera, on vous montre une stèle — dite « de la complainte des yeux » — où est gravé le poème cité plus haut. Jusqu'au temps de mon enfance, ces lieux étaient restés désolés, abandonnés aux *susuki* qui y croissaient sans retenue.

1. Graminée extrêmement commune au Japon qui pousse en touffe et fleurit de juillet à octobre en épis brun jaunâtre, d'apparence soyeuse et chatoyante. En poésie, c'est l'une des sept fleurs de l'automne, propre aux lieux abandonnés et mélancoliques.

Quelques jours après avoir appris de mes parents le sort inattendu réservé à Takeshi, n'y tenant plus, je me rendis tout seul, en catimini, chez les Nose à Shizu.ichino. Cela ne signifie pas pour autant que j'avais l'intention de reprendre sur-le-champ mon petit frère et de le ramener avec moi à la maison ! J'aurais été bien incapable d'accomplir une chose pareille de ma seule initiative, sans consulter au préalable mes parents. Mais je ne pouvais m'empêcher de plaindre ce pauvre petit innocent que l'on avait arraché au doux sein maternel pour le placer à la campagne chez des paysans, et je voulais au moins pouvoir constater qu'il allait bien, et, rentré à la maison, tenter de faire revenir mes parents sur leur décision. S'ils refusaient de m'écouter, mon plan était de continuer patiemment à réitérer ma demande, tout en me rendant fréquemment chez les Nose afin de ne pas couper les liens avec Takeshi, et de pouvoir aussi rapporter à mes parents les progrès de sa croissance, et, en procédant de la sorte, de les amener peu à peu à partager mes sentiments.

Étant parti de bon matin, j'arrivai avant midi à la ferme des Nose, et, comme ils venaient de rentrer des champs, je pus parler au chef de famille et à sa femme, mais lorsque je leur eus dit que je désirais rencontrer Takeshi, ils me répondirent d'un air extrêmement gêné qu'il n'était pas là :

« Comment, il n'est pas ici ? Mais alors, où est-il ?

— Ben... c'est que... »

Le couple se regardait, l'air de chercher désespérément ce qu'il conviendrait de répondre. Néanmoins, j'insistai et mon obstination finit par avoir raison de leur patience :

« Bon, le petit, on l'a placé par là-bas, beaucoup plus loin dans la campagne. »

C'était la femme qui avait cédé la première. Elle expliqua alors qu'en ce moment il n'y avait malheureusement personne chez eux qui pût allaiter, et que de toutes façons mes parents, tant Monsieur que Madame, avaient souhaité que le bébé soit placé dans un endroit bien plus éloigné. Ils l'avaient donc confié à une famille avec laquelle ils étaient liés et en qui l'on pouvait avoir toute confiance. Lorsque je voulus savoir où se trouvait ce « plus loin dans la campagne », le fermier, plus embarrassé que jamais, me répondit que puisque Monsieur et Madame étaient au courant, je ferais mieux de le leur demander directement, car il n'était pas question que je l'apprisse de sa bouche, alors que sa femme ajoutait :

« D'ailleurs, ils nous ont bien dit que si le jeune maître venait par hasard nous poser la question, nous ne devions pas lui répondre. »

Pourtant, cette fois encore, je réussis au bout d'un moment à leur faire dire que « la campagne » en question était un village du nom de Seriu.

Dans une vieille ballade, on trouve la strophe suivante : « Ma demeure est au fond des campagnes entourant la capitale, dans les villages de Yase, d'Ôhara et de Serifu », et au théâtre aussi, dans « L'École du village », on dit : « Et parmi eux se trouve Kan Shûsai, que les époux Takebe Genzô, s'occupant de lui comme de leur propre fils, ont amené à Serifu, à l'abri des regards dans ce village perdu au fond des montagnes. » Cependant ce village, dont le nom s'écrit d'ailleurs aujourd'hui avec d'autres caractères, se trouve sur le chemin qui mène de Shizu.ichino à Ôhara, en passant le col d'Ebumi : ce n'est donc pas celui que m'avaient indiqué les époux Nose, qui est le Seriu d'un hameau du village isolé de Kurota, dans le district de Kuwata, un lieu complètement perdu dans les montagnes de la province de Tanba. Pour s'y rendre, on poursuit de Kibuneguchi jusqu'à Kibune, puis on franchit le col de Seriu qui marque la frontière entre les provinces de Tanba et de Yamashiro. Sur les deux lieues qui séparent Kibune de Seriu, on ne rencontre pas une seule habitation, et de plus, on doit franchir en cours de route un passage difficile, dit-on, car ce col de Seriu culmine à une altitude qui est plus du double de celle du passage, assez bas il est vrai, d'Ebumi. Qu'est-ce qui avait bien pu pousser mes parents à envoyer malgré tout mon petit frère dans un tel endroit ? Le village où l'on avait caché Kan Shûsai, pour « perdu dans la montagne » qu'il fût, n'en était pas moins dans les « campagnes entourant la capitale », alors pourquoi donc aller cacher Takeshi au fin fond des montagnes de Tanba ? Sur le moment, je brûlais d'impatience de me lancer immédiatement à sa recherche, mais les Nose ne m'avaient indiqué que le nom du village, me taisant celui de la famille, aussi aurais-je dû faire le tour des maisons, et, de toute façon, il eût été hors de question d'aller directement de Shizu.ichino à Kibune, et de franchir encore du même pas ces montagnes escarpées. Je finis par me résigner à rentrer directement à la maison, et, complètement découragé, repris le chemin parcouru le matin même pour regagner Shimogamo.

Pendant les quelques jours qui suivirent, un sentiment de gêne s'établit entre mes parents et moi, et même le soir, quand nous nous retrouvions à table pour le dîner, nous restions plutôt taciturnes. Je n'avais rien dit à mes parents de ma visite à Shizu.ichino, et comme eux-mêmes ne m'en touchaient mot, j'ignorais si les Nose les en avaient avertis. Maman devait souffrir de ses seins gonflés, car elle se retirait souvent dans le pavillon de thé pour les soulager avec un appareil spécial, ou pour se faire frictionner la poitrine par une masseuse qu'elle faisait venir.

Quant à la santé de papa, elle semblait se détériorer : il faisait des siestes dans la chambre à la véranda, la tête reposant sur un oreiller chinois de papier mâché rouge, et, se sentant probablement fiévreux, prenait fréquemment sa température. Quant à moi, j'essayais de trouver une bonne excuse pour m'absenter quelques jours de la maison, car j'avais la ferme intention d'aller dès que possible à Seriu. Un beau jour pourtant — probablement en juin, car les albizzies qui faisaient l'orgueil de mon grand-père étaient en fleur —, j'eus soudain envie d'aller lire à la Villa des plaisirs partagés. La version anglaise d'*Anna Karénine* sous le bras, je sortais du jardin planté d'arbres en pleine floraison pour monter vers la villa, quand — vision inattendue ! — j'aperçus tout à coup maman : elle était seule, installée sur un coussin d'étoffe brune au bord de la véranda de la pièce de huit *tatami*, en train de soulager ses seins. Comme, ces derniers temps, elle utilisait le pavillon de thé pour cela, je ne m'étais pas un instant attendu à la trouver dans cette posture à la villa. Elle était assise dans une pose un peu relâchée, la poitrine découverte. Stupéfait de me retrouver là par hasard, face à ses seins nus, je voulus redescendre dans le jardin, mais elle m'appela sur le ton serein qui lui était coutumier :

« Tadasu ! Tu peux rester, tu sais.

— Non, je reviendrai plus tard. Je ne pensais pas te trouver ici.

— Le plafond du pavillon de thé est tellement bas qu'on y étouffe, alors je me suis installée ici. Tu venais pour lire ce livre ?

— Oui, mais je reviendrai plus tard. »

Trahissant mon embarras, je m'apprêtais à m'en aller, mais elle me retint une fois encore :

« Ça ne vaut pas la peine de partir, j'ai pratiquement fini. Reste ici, voyons... Tiens, regarde ces seins comme ils sont gonflés ! Ça fait vraiment mal, tu sais. »

Comme je restais malgré tout muet, elle poursuivit :

« Jusqu'à douze ou treize ans, tu as tété mes seins, tu t'en souviens, non ? Et tu t'agitais, tu t'agitais, parce que tu avais beau sucer, rien ne sortait ! »

Elle transféra l'appareil appliqué sur son sein gauche au mamelon du sein droit. De l'extrémité du sein rebondi qui débordait du récipient de verre jaillirent plusieurs giclées de lait. Maman transvasa le liquide dans une tasse qu'elle me mit sous les yeux.

« Ça y est, en voilà un peu ! Tu te souviens, Tadasu, je t'avais promis une fois que, quand j'aurais un bébé, j'aurais beaucoup de lait et que tu pourrais en boire, toi aussi ? »

Ayant quelque peu retrouvé mon sang-froid, je suivais tous ses mouvements des yeux, sans pour autant savoir que lui répondre.

« Tu te rappelles le goût du lait ? »

En guise de réponse, je me contentai de baisser la tête d'un signe de dénégation.

« Alors, goûte donc cela ! »

Et elle me tendit la tasse contenant le lait.

« Allons, goûte ! »

Avant même que j'en eusse conscience, ma main s'était immédiatement tendue, et quelques gouttes d'un doux liquide blanc coulaient déjà dans ma bouche.

« Alors ? Tu retrouves le goût d'autrefois ? Tu as pourtant tété ta première maman jusque vers ta quatrième année, non ? »

Il était exceptionnel que, s'adressant à moi, ma seconde mère utilisât une expression comme « ta première maman », qui établissait clairement la distinction entre elle et celle qui l'avait précédée.

« Est-ce que tu sais encore téter ? Si tu crois que oui, tu peux essayer. »

Saisissant un des seins, elle m'en offrit le mamelon.

« Essaye pour voir si tu sais encore. »

Collant mes genoux contre les siens, j'écartai les pans de ses vêtements et insérai entre mes lèvres la pointe de son sein. Tout d'abord, le lait ne voulut pas sortir, mais à force de sucer, ma langue finit par retrouver les mouvements de jadis. J'avais grandi et avais désormais quelques pouces de plus qu'elle, mais je me recroquevillai pour enfouir mon visage dans ses seins, et j'aspirai goulûment le lait qui jaillissait. Puis, inconsciemment, je dis d'une voix d'enfant gâté : « Maman ! »

Il devait y avoir une demi-heure que nous étions ainsi enlacés, quand maman me dit :

« Pour aujourd'hui, ça ira comme ça. »

Elle retira son sein de ma bouche, alors je sautai en bas de la véranda, comme si je la repoussais, et m'enfuis sans dire un mot dans le jardin.

Mais quel sens pouvait donc bien avoir le comportement de maman ? Comme notre rencontre à la Villa des plaisirs partagés était due au hasard, il était clair que ce n'était pas une manœuvre soigneusement préparée. Serait-ce que maman, me voyant soudain arriver, aurait tout à coup eu envie de me déconcerter, de me plonger dans l'embarras ? Dans la mesure où cette rencontre était aussi inattendue pour l'un que pour l'autre, peut-être avait-elle, dans une sorte de caprice, eu envie de me faire quelque espièglerie ? Pourtant, elle était restée par trop détendue pour cela, ne donnant aucunement l'impression d'être en train de faire quoi que ce soit qui sortît de l'ordinaire. Si d'aventure quelqu'un était arrivé sur les lieux, elle n'en eût sans doute pas pour autant perdu son calme. Peut-être continuait-elle, en dépit de ma croissance physique, à me voir comme lorsque j'avais douze ou treize ans. Si sa façon de penser restait pour moi une énigme, mon propre comportement, lui, sortait clairement des sentiers battus. À l'instant même où je m'étais subitement trouvé devant les seins de maman, le monde de rêves dont je languissais m'était aussitôt revenu, et les souvenirs du passé s'étaient mis à déferler ; puis, ayant cédé à l'invitation de maman, j'avais goûté à la tasse de lait qu'elle me tendait, et m'étais alors laissé aller à cette conduite insensée. J'étais mort de honte, me demandant avec stupéfaction comment je pouvais abriter une telle folie, et, ne sachant plus où me mettre, je me mis à tourner tout seul autour de l'étang. Or si je regrettais mon égarement de tout à l'heure, si je m'en blâmais, j'étais aussi en proie au désir de récidiver, une fois au moins, que dis-je une fois, plusieurs, même ! Je savais en tout cas que je serais incapable de refuser si, replacé dans des circonstances identiques, j'y étais invité par maman.

Après cet événement, j'évitai soigneusement d'aller du côté de la villa, mais maman s'était peut-être rendu compte de quelque chose, car elle semblait s'être arrangée pour utiliser à nouveau le pavillon de thé. Ces derniers temps, ma préoccupation majeure avait été de pouvoir me rendre à Seriu pour y découvrir Takeshi, mais depuis ce qui s'était passé avec maman, cette résolution avait, je ne sais trop pourquoi, perdu bien de son intensité. Je pensais dès lors qu'avant de m'y rendre il me fallait d'abord clarifier les raisons qui avaient poussé mes parents à prendre une telle mesure à l'égard de mon petit frère.

En fin de compte, qui donc avait suggéré cette mesure, mon père ou ma mère ? D'après l'hypothèse que je pouvais alors formuler, peut-être était-ce elle qui, par respect envers celle qui l'avait précédée, avait considéré qu'elle ne pouvait guère garder son propre enfant dans la maison. Un souci que mon père aurait également partagé ? Comme, de toute évidence, il pensait encore énormément à la défunte, il pouvait fort bien avoir estimé qu'élever sous son toit un autre enfant que celui qu'elle lui avait laissé eût été un manque de respect à son égard, et dès lors, sa seconde épouse, convaincue, aurait accepté de sacrifier son nouveau-né. Certes, elle aurait donné par là une marque d'amour et de dévouement à mon père, mais peut-être me chérissait-elle davantage que son propre enfant ? Je ne pouvais guère imaginer d'autre explication que quelque chose allant dans ce sens. Mais dans ce cas, pourquoi donc mes parents avaient-ils procédé si secrètement, allant jusqu'à me cacher l'endroit où se trouvait Takeshi, alors qu'il aurait mieux valu m'en toucher un mot au préalable ?

Comme je l'ai déjà mentionné, mon père donnait depuis quelque temps des signes de mauvaise santé, et je me demandai si cela n'avait pas pesé d'une certaine manière sur sa décision. Depuis la fin de l'année précédente, il avait bien mauvaise mine, et sa maigreur avait fini par sauter aux yeux. Bien qu'il ne toussât ni ne crachât, on pouvait craindre une maladie de poitrine, à le voir continuellement si fiévreux. Le médecin de famille était un certain docteur Katô, installé au carrefour des avenues de Teramachi et d'Imadegawa ; les premiers temps, mon père ne le faisait pas venir à la maison, mais prétextant une petite promenade, il prenait le tram pour se rendre discrètement à sa consultation, et ce n'est d'ailleurs qu'au cours de l'hiver que je découvris la chose.

Chaque fois que je lui demandais de quoi il souffrait, il me répondait de façon évasive :

« Mais non, je n'ai rien de spécial.

— Pourtant, tu prends bien les médicaments du docteur Katô, non ?

— Ah ! ça ? Ce n'est pas grand-chose, juste un petit problème de vessie.

— Tu veux dire une inflammation des voies urinaires ?

— Oui, ça a l'air d'être quelque chose comme ça. »

Bientôt, il devint visible aux yeux de tous que mon père avait des problèmes de cet ordre-là. En l'observant discrètement, on voyait bien qu'il se rendait sans cesse aux toilettes. Il avait de plus en plus mauvaise mine et perdait tout appétit.

Dès que nous fûmes entrés dans la période des grosses chaleurs, une fois la saison des pluies terminée, il lui arriva fréquemment de rester affalé toute la journée, l'air extrêmement las, et même lorsque, le soir venu, nous nous installions pour le repas au bord de l'étang, il devait se forcer pour nous donner le change, car il n'était manifestement pas bien.

Inquiet de constater qu'il me taisait le nom de sa maladie et qu'il s'efforçait de garder secrètes ses visites chez le médecin, je me rendis discrètement à la clinique du docteur Katô afin de lui poser la question :

« Docteur, mon père dit qu'il a une inflammation des voies urinaires, mais est-ce vraiment la seule chose dont il souffre ?

— Oui, en effet, il souffre aussi de cela, mais sinon, ton père ne t'a rien dit d'autre ? »

Le docteur Katô, que je connaissais depuis ma plus tendre enfance, me répondit d'un air quelque peu étonné.

« Comme vous le savez bien, docteur, mon père est sur tous les plans quelqu'un de très secret, de très renfermé, et il n'est pas du genre à parler facilement de ses problèmes de santé.

— Je suis bien embarrassé pour te répondre, fit le docteur Katô, car en fait j'ai expliqué à ton père la réalité de son état, à mots couverts certes, mais de façon à ce que, globalement, il puisse comprendre où il en est. Aussi, je crois que tant ton père que ta mère ont une idée générale de la situation, et je ne comprends pas pourquoi ils te la cachent. Je suppose qu'ils veulent éviter de te causer prématurément des tourments inutiles, mais, personnellement, je ne pense pas que ce soit sage, alors que tu te fais déjà tant de souci. Mes liens avec ta famille ne datent ni d'hier ni d'aujourd'hui, puisqu'ils remontent à l'époque de ton grand-père, aussi je pense qu'il n'y a pas d'objection à ce que je prenne l'initiative de te parler franchement. En effet, comme tu dois maintenant l'avoir deviné, l'état de santé de ton père n'est, hélas, guère brillant. »

Sur ce, il me révéla ce qui suit :

Sentant que quelque chose n'allait pas, mon père était venu le consulter pour la première fois au cours de l'automne précédent. Il s'était plaint de diverses choses : d'avoir du sang dans les urines, d'éprouver après chaque miction un sentiment de malaise, de ressentir une sorte de poids sur l'hypogastre, ou encore d'être constamment fébrile. Lors de cette visite, le docteur Katô avait déjà pu constater en l'auscultant que les reins étaient enflammés, et il avait trouvé des bacilles de la tuberculose dans son urine. Il avait compris que son état était fort alarmant, mais n'étant pas lui-même un spécialiste, il lui avait conseillé d'aller au département d'urologie de l'hôpital pour y passer des radiographies et un contrôle approfondi. Mon père, en ayant trouvé la perspective fort désagréable, avait d'abord renâclé à l'idée de se soumettre docilement à ces examens. Pourtant, devant l'insistance du docteur Katô, qui lui avait écrit un mot de recommandation pour l'un de ses amis du département d'urologie, il avait fini par s'y résoudre. Quelques jours plus tard, le spécialiste communiquait les résultats au médecin de famille : comme ce dernier l'avait secrètement craint, son patient avait bien une tuberculose rénale, tant les examens cystoscopiques que les radiographies le montraient, et la situation était déjà désespérée. En effet, un seul des reins eût-il été atteint qu'on aurait pu envisager une intervention chirurgicale susceptible d'arranger les choses, du moins en principe, car en fait, le pronostic était assez sombre, puisque trente à quarante pour cent des malades ne survivaient pas à l'opération. Mais dans le cas de mon père, comme les deux reins étaient malheureusement atteints, il n'y avait plus rien à faire. Pour l'instant, il pouvait encore sortir, et il ne donnait pas l'impression d'être si gravement malade, mais tôt ou tard, il lui faudrait s'aliter, et, en mettant les choses au mieux, il pouvait compter vivre encore une année ou deux. Le docteur Katô lui avait dit qu'il ne devait pas prendre les choses à la légère, car c'était une maladie qu'il fallait suivre de près ; dorénavant, il viendrait le voir une ou deux fois par semaine, et le mieux serait qu'il restât bien tranquille chez lui. Après cette mise en garde indirecte, le docteur et mon père avaient eu la discussion suivante :

« Dans votre cas, il y a un point sur lequel je dois particulièrement insister : vous devez vous abstenir d'avoir des relations avec votre femme. Au point où en sont les choses, il n'y a aucun danger de contagion par les voies respiratoires, aussi les autres ne risquent-ils rien, mais votre femme, elle, doit faire très attention.

— Ainsi, c'est bien un genre de tuberculose ?

— Oui, mais ce n'est pas une tuberculose pulmonaire.

— C'est quoi, alors ?

— Le bacille a atteint les reins. Mais enfin, comme vous en avez deux, même si l'un est attaqué, il n'y a pas de quoi trop s'affoler. »

Alors que le médecin tentait tant bien que mal de dissimuler la gravité de la situation, mon père intervint :

« J'ai compris, j'ai compris ! Je suivrai votre mise en garde. Mais je préfère venir moi-même à votre cabinet tant que je pourrai marcher, car la promenade me distrait. »

Et, comme auparavant, il continua à se rendre à la consultation, comme s'il ne souhaitait pas que le médecin se rendît chez lui. Le plus souvent il était seul, mais de temps à autre, ma mère l'accompagnait. Le docteur Katô pensait qu'elle devait être, elle aussi, mise au courant de l'état réel de son mari, mais il n'avait pas encore trouvé le bon moment pour le faire, quand un jour mon père lui demanda à brûle-pourpoint :

« Docteur, combien de temps me reste-t-il à peu près ?

— Qu'est-ce qui vous fait demander cela ? »

Le médecin s'interrogeait, alors que mon père poursuivait avec un mince sourire :

« Vous n'avez pas besoin de me le cacher. Depuis le début, j'en ai le pressentiment.

— Mais comment est-ce possible ?

— Je ne sais pas, peut-être une sorte d'instinct animal... bref, je l'ai simplement senti. Je sais fort bien où j'en suis, docteur, alors dites-moi la vérité. »

Connaissant bien le caractère de mon père, le docteur Katô avait pris cette déclaration au pied de la lettre. Comme mon père avait toujours été quelqu'un de très intuitif, il avait probablement pressenti très vite le sort qui l'attendait. Il n'avait pu manquer de deviner la nature de son mal, à voir la façon dont son médecin ainsi que ceux de l'hôpital lui parlaient et se comportaient avec lui. Le docteur Katô savait qu'il devrait tôt ou tard révéler la vérité, que ce fût directement à son patient ou à un membre de la famille. Puisque mon père était ainsi préparé à l'entendre, il s'était dit qu'autant valait profiter de l'occasion, et, se pliant à sa demande, il lui avait répondu en y mettant les formes.

Voilà donc la teneur des informations que je tirai du docteur Katô, qui avait encore ajouté qu'à son stade final cette maladie gagnait souvent les poumons, et qu'alors ce n'était plus seulement l'épouse, mais tous les proches qui devaient faire très attention.

Je dois maintenant aborder un point quelque peu délicat.

Bien que n'étant qu'un amateur, j'ai écrit ce récit — provisoirement intitulé *Le Pont flottant des songes* — comme on rédige un roman, mais tout ce que j'ai rapporté jusqu'ici renvoie à des épisodes authentiques ayant pris place dans le cadre familial, sans qu'aucune invention vienne s'y mêler. Si on me demandait dans quel but j'écris ce texte, je serais bien incapable de répondre. Je n'écris pas particulièrement dans l'espoir d'être lu. Pourtant, bien que ce récit ne soit pas destiné à être lu par qui que ce soit de mon vivant, l'idée qu'après ma mort il tombe sous les yeux d'un certain nombre de personnes ne me gêne aucunement, encore que, s'il tombait en poussière sans que personne l'ait jamais lu, je n'en éprouverais aucun regret. Simplement, je suis passionné par l'écriture elle-même, et j'éprouve un immense plaisir à me pencher sur les événements du passé et à tenter de les faire revivre un à un. Je peux certes affirmer que tout ce qui est rapporté ici est strictement véridique, exempt de la moindre invention, de la moindre déformation, la vérité a néanmoins des limites, et il y a une ligne au-delà de laquelle on ne peut plus l'écrire. Aussi, bien que je n'invente rien, je ne livre pas pour autant toute la vérité. Il se peut que par respect pour mon père, pour ma mère, pour moi-même aussi, et pour d'autres encore, je laisse de côté une partie de cette vérité. Certains diront que ne pas raconter toute la vérité, c'est déjà mentir ; je ne me risquerai pas à les contredire, c'est leur façon de voir les choses.

L'entretien au cours duquel le docteur Katô m'avait révélé l'état de santé de mon père avait déclenché tout un train de pensées étranges, extravagantes même, que je ne pouvais arrêter. Considérant que c'était à l'automne de l'année précédente que mon père avait découvert le funeste sort qui l'attendait, il avait alors quarante-trois ans, maman trente, et moi-même dix-huit. Maman avait l'air bien plus jeune que son âge : les gens lui donnaient volontiers cinq ou six ans de moins et la prenaient toujours pour ma sœur aînée. Soudain, je me rappelai le récit de la jeunesse de maman que m'avait fait ma nourrice, alors que nous nous promenions dans le bois de Tadasu, à l'automne dernier, au moment où elle s'apprêtait à prendre sa retraite. Elle m'avait alors demandé de garder cela pour moi, sans rien en dire à mon père, mais au fond, ne suivait-elle pas ses instructions en me le racontant ? Ce dernier n'avait-il pas eu quelque raison de penser que, au cas où il lui arriverait quelque chose, il serait préférable que l'amalgame que je faisais dans mon esprit entre ma véritable mère et ma belle-mère fût partiellement rompu ? L'épisode de la Villa des plaisirs partagés me revint aussi en mémoire. Là encore, sur le moment, j'avais cru à un pur hasard, mais mon père avait peut-être combiné la chose au préalable de façon à ce que tout apparût comme fortuit ? Ou tout au moins, ne pouvait-on pas penser que maman ne se serait jamais livrée à ce jeu sans l'accord de mon père ? Depuis cet épisode, j'avais d'abord effectivement évité de m'approcher de la villa, mais en réalité, après une quinzaine de jours, j'avais, à quelques reprises, goûté à nouveau au sein de maman. Parfois papa était absent, mais il arrivait aussi qu'il fût à la maison, et de toute façon il n'est guère probable qu'il n'ait pas été au courant du comportement de maman, et tout aussi peu probable qu'elle le lui ait caché. Soucieux de renforcer encore, en prévision de ce qui se passerait après sa mort, les liens intimes que j'avais noués avec maman, ne l'avait-il pas persuadée de me considérer après sa disparition comme un autre lui-même ? Et n'avait-elle rien trouvé à redire à cela ? Mais sur ce point, je ne peux en dire davantage. D'ailleurs, cette conjecture me permettait aussi de comprendre pourquoi Takeshi avait été placé à la campagne, à Seriu. Je dois donner l'impression d'échafauder des hypothèses invraisemblables sur mes parents, pourtant — j'y reviendrai plus loin — les paroles de mon père sur son lit de mort devaient les confirmer.

Je ne sais pas à partir de quand ma mère sut clairement que les jours de mon père étaient comptés, ni si ce dernier l'en avait informée dès que lui-même l'avait su. Quelque temps auparavant, lors de notre rencontre à la villa, j'avais cru que c'était par inadvertance qu'elle avait recouru à l'expression « ta première maman », mais maintenant, je me demandais si elle ne l'avait pas employée délibérément. Non ! Il n'y avait aucun doute que mon père l'avait mise au courant du sort qui l'attendait bien avant qu'elle ne mette Takeshi au monde, en mai. Aussi, devant ce que leur réservait l'avenir, ne s'étaient-ils pas mis d'accord, sans même avoir besoin d'en débattre, de placer Takeshi à la campagne ? Ce qui m'intriguait encore, c'est que maman ne semblait aucunement inquiète de l'approche toujours plus menaçante du départ de mon père. Comme, par nature, elle ne manifestait bruyamment ni ses peines ni ses joies, les tourments de son cœur étaient peut-être masqués sous la placidité de son beau visage lisse. Ou alors, s'interdisant de me les laisser voir, s'efforçait-elle de les dissimuler de son mieux. Quelles que fussent les circonstances, son regard restait clair et limpide. Aujourd'hui encore, j'ai du mal à comprendre les sentiments apparemment fort complexes qui, sous ses dehors sereins, agitaient maman. Jusqu'au moment fatal, elle n'essaya à aucun moment de trouver l'occasion de s'entretenir avec moi de la mort de papa.

À partir du mois d'août, mon père en vint à ne plus avoir la force de se lever, et dut garder entièrement le lit. Son corps était désormais gonflé d'œdème. Le docteur Katô venait pratiquement tous les jours. L'état du malade déclinait rapidement, il n'avait même plus envie de se lever pour manger quelque chose, et maman ne quittait pas un instant son chevet. Le médecin lui avait conseillé d'engager une infirmière, mais elle avait répondu qu'elle s'occuperait elle-même du malade et ne laissa personne d'autre le toucher, exauçant, probablement là aussi, un souhait de mon père. Encore qu'il n'avalât plus que quelques bouchées de nourriture, elle préparait soigneusement ses repas, et, s'ingéniant à lui servir ses plats favoris, faisait venir des *sushi* de truite de rivière ou d'anguille de mer. Les problèmes urinaires de mon père s'étaient aggravés et il fallait presque sans cesse lui apporter son pot de chambre. C'était l'époque des grosses chaleurs estivales, et maman devait aussi s'occuper de lui chaque fois qu'il se plaignait de souffrir d'escarres. Il fallait même de temps à autre l'essuyer complètement avec une solution à base d'alcool. Maman accomplissait cela sans ménager ses forces, et prenait personnellement soin de tout. Alors que le malade maugréait si quelqu'un d'autre le touchait, il acceptait tous les soins de maman sans jamais protester. Extrêmement nerveux, il était devenu sensible au moindre bruit, et comme même le claquement de la bascule à eau, au fond du jardin, l'irritait, il la fit arrêter. Il finit par ne plus parler, sauf pour exprimer quelque besoin, et sinon, ne répondait qu'à maman. Parfois, des parents ou des connaissances venaient lui rendre visite, mais il ne tenait pas à les rencontrer. De jour comme de nuit, maman n'avait pas un moment de répit, et quand elle était par trop épuisée, c'était ma nourrice, revenue pour donner un coup de main, qui la remplaçait. J'étais stupéfait de découvrir que maman était capable de faire preuve de tant de patience et d'endurance.

Vers la fin septembre, mon père nous fit venir à son chevet, maman et moi. C'était le jour où l'eau de notre étang était toute troublée, une vraie boue, car la rivière que les gens du lieu appellent « la petite Semi » avait débordé et reflué jusque-là, en raison des pluies exceptionnellement violentes qui étaient tombées la veille. Mon père, qui était couché sur le dos, nous demanda de l'installer sur le côté, de façon à ce qu'il pût bien nous voir :

« Tadasu, viens ici. Maman peut rester où elle

est et écouter », me dit-il en m'invitant à me rapprocher. « Je n'en ai plus pour longtemps. Je sais que c'est là mon destin et j'y suis résigné. Là-bas, dans l'autre monde, ta première maman m'attend, et je suis heureux à la pensée que je pourrai enfin, après si longtemps, la retrouver. Mais en revanche, je me fais bien du souci pour ton autre maman. Lorsque je ne serai plus là, elle n'aura, à part toi, absolument personne sur qui compter, alors qu'il lui reste encore de longues années à vivre. Aussi, je te demande de t'occuper d'elle, et d'elle seule. Tout le monde dit que tu me ressembles, et c'est vrai. D'ailleurs, avec l'âge, cette ressemblance ne fera que s'accentuer. Si tu restes à ses côtés, maman aura l'impression que c'est comme si j'étais toujours là. Est-ce que, du fond du cœur, tu es vraiment prêt à faire en sorte que maman ressente cela, à en faire le seul but de ton existence, sans avoir besoin d'aucune autre satisfaction ? »

Inquisiteur, le regard de mon père fouillait inlassablement le mien. Jamais encore il ne m'avait scruté avec une telle intensité, les yeux dans les yeux. Bien que je n'eusse pas l'impression d'avoir pu parfaitement saisir le sens de ce regard, j'acquiesçai de la tête, alors que mon père soufflait, soulagé. Il resta silencieux quelques minutes, puis, ayant retrouvé une respiration normale, il reprit :

« Pour assurer le bonheur de maman, il est

indispensable que tu te maries, non pas pour toi, mais pour former avec ton épouse un couple au service de maman. J'ai pensé à O-Sawa, la fille de Kajikawa, pour ce rôle. »

Le Kajikawa en question était Uetatsu, le jardinier qui travaillait pour notre famille. Son père avait été le disciple du maître Uesô qui avait dessiné notre jardin paysager lorsque grand-père avait fait édifié l'Ermitage aux hérons, et il avait continué à s'en occuper après la mort de son maître. Je connaissais bien le chef actuel de la famille Kajikawa. Il paraît que du vivant de mon grand-père, les jardiniers venaient travailler pratiquement tous les jours, et maintenant encore, ils venaient plusieurs fois par mois, aussi la physionomie de Uetatsu, le père Kajikawa, m'était-elle familière. Quant à sa fille, Sawako, son visage ne m'était pas entièrement étranger, car depuis qu'elle allait à l'école, elle était invitée chaque année à la maison, à l'occasion de la fête des Mauves [1]. C'était une fille au teint blanc, avec un visage allongé, de cet ovale piriforme que l'on trouve dans les estampes de type *ukiyoe* [2], et il est probable que certains la considéraient comme une beauté. Elle se ma-

1. Le nom de « fête des Mauves » (le 15 mai) vient de ce que les divers accessoires (coiffures, chars...) utilisés lors de cette célébration sont décorés de fleurs de mauve.

2. Estampes consacrées au monde des plaisirs dont elles présentent les courtisanes réputées et les acteurs célèbres.

quillait lourdement, surtout depuis qu'elle avait terminé ses études, et ne passait vraiment pas inaperçue. Je trouvais alors qu'avec un teint naturel si clair elle n'avait aucunement besoin de se maquiller ainsi. Puis un jour — c'était il y a deux ans, au moment du O.bon —, en rentrant des bords de la Kamo où elle était allée voir les feux du Daimonji[1], elle s'était arrêtée chez nous pour prendre un bain, car elle était, nous avait-elle dit, couverte de sueur. L'ayant croisée à la sortie de la salle d'eaux, j'avais pu remarquer qu'elle avait de légères taches de rousseur sur les joues, et j'en avais déduit que c'était pour cela qu'elle se maquillait tant. Par la suite, j'étais resté longtemps sans la rencontrer, mais tout récemment, une dizaine de jours auparavant, elle avait fait avec son père une longue visite au malade, ce qui m'avait quelque peu intrigué. En effet, alors que papa refusait généralement de voir les visiteurs, il avait reçu dans sa chambre de malade le père et la fille et s'était entretenu avec eux près d'une demi-heure. J'avais senti

1. L'un des temps forts des fêtes de l'O.bon : le soir du 16 août, on allume, sur le flanc des montagnes entourant Kyôto, cinq foyers aux dimensions impressionnantes qui, soit forment des caractères chinois évoquant la grandeur de la Loi du bouddhisme, soit dessinent bateaux ou oiseaux. Ces feux, marquant la fin des célébrations du Bon, sont destinés à raccompagner les esprits morts venus en visite pour l'occasion.

qu'il y avait là anguille sous roche, aussi la proposition de papa ne m'avait-elle pas totalement pris au dépourvu.

« Je pense que tu sais à peu près comment elle est. »

Et sur ces mots, papa me retraça les grandes lignes du caractère de Sawako et de l'éducation qu'elle avait reçue, sans pour autant m'apprendre quoi que ce fût de nouveau. Née la même année que moi, en l'an 39 de Meiji, elle avait donc dix-neuf ans ; c'était une fille douée qui, trois ans auparavant, avait terminé avec de brillants résultats ses études au lycée de filles de la préfecture ; par la suite, elle avait encore pris des leçons dans divers domaines, et avait atteint dans plusieurs arts d'agrément une maîtrise presque surprenante pour une fille de jardinier. Elle aurait donc eu toutes les qualités requises pour se marier dans les meilleures familles si elle n'avait pas eu la mauvaise fortune de naître en cette année 39 de Meiji, qui se trouvait être placée sous le double signe du Feu aîné et du Cheval [1], ce qui faisait qu'elle n'avait jusqu'alors reçu aucune proposition satisfaisante. Après s'être étendu sur quelques autres points que je connaissais également depuis longtemps, papa

1. Une superstition s'est développée, à l'époque d'Edo, selon laquelle les filles nées sous ce signe doublement fort avaient un caractère redoutable, voire dangereux.

me demanda de prendre cette Sawako comme épouse. Du côté des Kajikawa, tant l'intéressée que ses parents étaient décidés à répondre favorablement à cette proposition de mariage, et il suffisait que je dise oui pour que la chose se fît. Il y avait néanmoins une condition supplémentaire que je devais connaître, et qui n'était rien moins que la suivante : si jamais j'avais un enfant, je ne devais pas l'élever à la maison, mais faire ce que maman avait fait pour moi en plaçant le bébé qu'elle avait mis au monde en adoption. Il était inutile de mettre dès maintenant la jeune fille ou ses parents au courant de cette disposition, et je devais garder cela pour moi en attendant d'y être contraint par les circonstances. Comme il était préférable que le mariage eût lieu le plus vite possible, je devais annoncer la cérémonie dès que les rites de la première année de deuil seraient accomplis. Papa ajouta encore que, pour l'instant, il ne voyait pas à qui demander de jouer le rôle de l'intermédiaire[1], mais que nous pourrions régler cette question nous-mêmes en en discutant avec les Kajikawa.

Lorsque, au terme de cette longue déclara-

1. Dans le mariage arrangé, c'est un intermédiaire qui, en principe, organise la rencontre, sert de contact entre les familles concernées et « arrange » le mariage. Sa présence à la cérémonie est formellement indispensable, même si en réalité, comme c'est le cas ici, il n'intervient qu'a posteriori et n'a en rien participé à l'arrangement du mariage.

tion, papa découvrit sur mon visage l'expression de mon assentiment, il referma les yeux, l'air quelque peu rassuré, et poussa un soupir. Alors, avec maman, nous aidâmes le malade à se recoucher sur le dos.

Dès le lendemain, les voies urinaires étaient bloquées et l'urémie se déclenchait. Les aliments ne passaient plus du tout, sa conscience sombrait, de temps à autre il divaguait, tenait des propos incompréhensibles. Il vécut ainsi encore trois jours, jusqu'au début d'octobre, et les quelques mots que nous pûmes tant bien que mal reconnaître dans son délire furent le prénom de maman — Chinu — et, par intermittence, « le pont... le pont flottant... flottant des songes... des songes », proférés d'une voix entrecoupée. Ce furent là les derniers mots que j'entendis mon père prononcer.

Ma nourrice, qui était sortie de sa retraite au mois d'août pour venir aider à soigner le malade, rentra chez elle avant la mi-octobre, dès que la première semaine de deuil eut été observée. De nombreuses personnes, tant du côté de mon père que de celui de ma mère, s'étaient déplacées pour les rites du trente-cinquième jour ainsi que pour ceux du quarante-neuvième, et cela avait été l'occasion de revoir bien des visages perdus de vue depuis longtemps, mais par la suite, les visiteurs s'étaient fait de plus en plus rares, et pour les rites du centième jour, seules deux ou trois personnes étaient venues. Au printemps suivant, je quittai le lycée pour entrer à la faculté de droit. Avec un père qui n'appréciait guère les visites, nous n'avions de toute façon jamais eu beaucoup de monde à l'Ermitage aux hérons, mais après sa disparition, leur nombre tomba encore, et pratiquement seuls les Kajikawa venaient chez nous, une fois par semaine environ. Maman ne quittait plus la propriété : devant l'autel bouddhique, elle lisait des soûtras pour le repos du défunt, et elle avait ressorti le *koto* de famille, dont elle jouait pour tromper son ennui. Il régnait une telle solitude que maman demanda à Kajikawa de couper un bambou tout frais et de rétablir la bascule à eau, muette depuis l'été précédent : dès lors, on put à nouveau entendre le son familier, si riche de souvenirs, des claquements de la bascule. L'année d'avant, maman n'avait pas montré de signes particuliers de fatigue pendant tout le temps où elle avait soigné papa, et même lors des cérémonies religieuses qui s'étaient succédé après son décès, elle avait continué à recevoir les visiteurs avec sa dignité coutumière, son beau visage plein toujours éclatant de santé; pourtant, depuis peu, elle laissait entrevoir quelques traces de fatigue, et de temps à autre, se faisait masser les épaules ou les reins par l'une des bonnes. Parfois, lorsque Sawako se trouvait être là, elle lui proposait ses services et se chargeait du massage.

Au début de la floraison des albizzies, je me rendis un jour à la Villa des plaisirs partagés, sachant que j'y retrouverais maman et Sawako. Quand j'entrai, la jeune fille était justement en train de frictionner consciencieusement les bras de maman, qui s'était allongée à sa place habituelle sur deux grands coussins de cuir.

« Alors, Sawako est une bonne masseuse, n'est-ce pas ? demandai-je à maman qui me répondit :

— Oh oui, très très bonne ! Un professionnel ne pourrait pas faire mieux. Sous ses doigts, j'ai l'impression de glisser tout doucement dans le sommeil, c'est tellement agréable !

— En effet, ses mouvements ont l'air bien habiles. Sawako, est-ce que tu as pris des leçons ?

— Non, je n'ai pas pris de leçons, mais comme, presque tous les jours, je dois masser les épaules de mes parents...

— Ah bon ? Alors voilà pourquoi tu peux en remontrer à un professionnel. Tadasu, tu devrais en profiter.

— Mais non, que veux-tu que je fasse d'un massage ! En revanche, je me mettrais bien à son école pour qu'elle m'en apprenne les techniques.

— Tu veux apprendre à masser ! Mais pour quoi faire ?

— Mais maman, si je savais m'y prendre, je

pourrais te masser moi-même. Il n'y a aucune raison que je ne sois pas capable d'y arriver.

— Mais tu as des mains beaucoup trop dures pour ça, tu me ferais mal, voyons !

— Pourtant, j'ai des mains très douces pour un homme. Sawako, touche-les un peu et dis-moi ce que tu en penses. »

Se saisissant de mes mains, elle se mit à examiner mes doigts et à tâter mes paumes :

« Voyons... En effet, vous avez des mains incroyablement souples et délicates. Vous y arriverez très bien, j'en suis sûre.

— C'est parce que, pour un garçon, je n'ai jamais fait beaucoup de sport.

— Aussitôt que vous aurez compris les points essentiels, vous deviendrez rapidement très habile. »

À partir de ce jour-là, je me mis à apprendre avec Sawako des techniques de massage que je pratiquais sur le dos ou les épaules de maman. Parfois, je la chatouillais tellement qu'elle en poussait de petits gloussements.

Le mois de juillet venu, nous fîmes dresser l'estrade près de l'étang, et tous les trois — maman, Sawako et moi-même —, nous allions là goûter la fraîcheur du soir. Comme le faisait mon père, j'allais mettre à rafraîchir des bouteilles de bière dans le bassin au pied de la bascule à eau. Maman buvait avec moi et vidait quelques verres lorsque je l'y incitais, mais Sawako n'acceptait jamais et se contentait de faire le service. Trempant alors ses pieds nus dans l'eau, maman lui disait :

« Sawako, essaie donc, c'est tellement agréable, ça rafraîchit, tu sais ! »

Impeccablement sanglée dans son kimono d'été de soie légère fermé par un *obi* de Hakata[1], les pieds enserrés dans des *tabi* de coton blanc, la jeune fille refusait pourtant de se mettre à l'aise, et se contentait de répondre :

« Vous avez de si beaux pieds, madame ! Comment voulez-vous que je laisse voir des pieds aussi laids que les miens à côté des vôtres ! »

À mon sens, la réserve dont faisait preuve Sawako était quelque peu exagérée. Alors qu'elle aurait pu se montrer un peu plus ouverte, plus naturelle, vis-à-vis de quelqu'un qui allait bientôt être sa belle-mère, elle cherchait tellement à se plier à son humeur qu'elle en faisait trop, et parfois, les mots qu'elle prononçait sonnaient bien creux. Même avec moi, elle se comportait comme si nous étions encore à l'époque féodale, d'une façon bien anachronique pour quelqu'un qui sortait d'un collège de jeunes filles ; peut-être changerait-elle une fois mariée, mais pour le moment, elle ne se départait en aucune circonstance de son attitude d'humble subordination. C'était d'ailleurs probablement cela qui avait retenu l'attention de mon père, mais il se

1. Pièce de soie, au tissage serré, à rayures verticales.

peut aussi que, par contraste, le caractère décidé de maman l'ait fait paraître encore plus réservée. Toujours est-il que, pour une jeune fille qui devait venir compléter notre petite famille, elle laissait quelque peu à désirer.

Un ou deux mois passèrent : les grenadiers et les albizzies devant la Villa des plaisirs partagés avaient perdu leurs fleurs, alors que les lilas des Indes commençaient à éclore et que les bananiers du paradis donnaient leurs premiers fruits. J'avais désormais maîtrisé tant bien que mal l'essentiel des techniques de massage, et j'invitais souvent maman à venir à la Villa :

« Maman, ne veux-tu pas venir que je puisse te faire un massage ?

— Oui, d'accord, je veux bien. »

Elle acceptait toujours. Naturellement, lorsque Sawako était absente, c'était moi qui la massais, mais même quand elle était là, je la repoussais en lui disant de me laisser faire et de se contenter de regarder. Pour moi qui ne pouvais oublier les temps anciens où je tétais le sein maternel, masser et pétrir le corps de maman au travers de ses robes était désormais mon seul plaisir. C'est à cette époque que Sawako, qui nouait toujours ses cheveux en un simple chignon, se mit de temps à autre à se faire une coiffure plus élaborée, un *taka-shimada*[1] qui mettait

1. Le chignon à la Shimada est une coiffure bouffante

en valeur ses traits de belle d'*ukiyoe.* Cela devait entrer dans le cadre des préparatifs de la commémoration de la mort de mon père, dont le premier anniversaire se faisait proche, et en vue de laquelle maman avait commandé une tenue formelle de satin gaufré, d'un pourpre profond, avec un entrelacs de mauves ornant le bas du kimono, ainsi qu'un large *obi* de lourde soie, teint d'un motif de plantes automnales.

Le service religieux eut lieu au temple de Hyakumanben alors que la collation était servie dans la grande salle de réception attenante ; nous constatâmes, maman et moi-même, que les membres de la famille faisaient montre à notre égard d'une distance et d'une froideur extrêmes, à tel point que certains étaient partis immédiatement après avoir allumé leurs bâtonnets d'encens, sans même participer au repas. Au fond, depuis le jour où mon défunt père avait épousé en secondes noces une ancienne *maiko,* nos proches avaient nourri d'étranges sentiments d'animosité et de mépris envers notre petite famille. Étant donné leur attitude, je ne prévoyais que trop la réprobation que pourrait susciter l'annonce de mon prochain mariage avec

---

sur les côtés et la nuque, avec une coque haute et large retenue par un peigne sur le sommet de la tête, mais il en existe de nombreuses variantes, dont celle mentionnée ici, avec sa coque arrière particulièrement haute.

la fille des Kajikawa, mais jamais je n'aurais pensé qu'ils nous battraient froid à ce point. Sans se laisser démonter, maman avait continué à s'occuper des hôtes avec son détachement habituel, mais Sawako, qui s'était parée avec un soin particulier, revêtant un kimono orné de divers motifs, avait l'air si visiblement déçue qu'elle en faisait pitié.

« Dis, maman, au train où vont les choses, tu crois que tous ces gens viendront à mon mariage ?

— Tu sais, il vaut mieux ne pas te préoccuper de ces choses-là. Tu ne te maries pas pour leur faire plaisir, et pour autant que tout se passe bien pour nous trois, ça suffit largement ! »

Maman semblait ne pas y prêter grande attention, mais je compris bientôt que l'animosité des membres de la parenté avait des racines bien plus profondes que ce que j'avais pu imaginer.

Venue pour les rites de commémoration, ma vieille nourrice était restée quelques jours, et le matin de son retour à Nagahama, elle m'avait à nouveau proposé d'aller me promener avec elle dans le bois du sanctuaire.

« Allons, jeune homme, viens donc faire quelques pas avec moi dans le coin.

— Ah ? Tu as quelque chose à me dire, non ?

— Eh oui !

— Bon, dans ce cas, j'ai compris, tu veux me parler de mon mariage, c'est ça ?

— Oui, mais pas seulement...

— Comment ! Mais de quoi encore ?

— Ben oui... c'est que... enfin, tu vois... je ne voudrais pas que tu te fâches, mais...

— Mais non, je ne me fâcherai pas, alors vas-y !

— Bon, bon, et puis de toute façon, ça finira bien par t'arriver aux oreilles, alors, au fond, il vaut mieux que ce soit moi qui t'en parle. »

Sur ce, la nourrice entreprit, lâchant les informations par bribes, de me mettre au courant des faits suivants :

Les gens de la parenté étaient bien évidemment hostiles à mon prochain mariage, mais de surcroît ils nous vilipendaient, et pour d'autres raisons. En fait, leurs critiques nous visaient d'abord directement, maman et moi-même, bien avant de s'en prendre à cette alliance avec les Kajikawa. Pour dire les choses crûment, ils étaient en effet persuadés que les liens qui nous unissaient étaient coupables. D'après eux, cela remontait à l'époque de mon père, et ce dernier, dès qu'il avait compris qu'il ne se relèverait jamais de sa maladie, avait fermé les yeux sur ces rapports, voire même les avait encouragés. Pis encore, il y avait des gens qui allaient jusqu'à se demander qui était le père de ce Takeshi placé si discrètement en adoption dans un coin perdu de la province de Tanba, et qui faisaient courir le bruit qu'il n'était peut-être pas l'enfant du père, mais celui du fils ! Je trouvais incroyable que des gens qui ne nous fréquentaient pratiquement plus depuis longtemps pussent formuler de telles hypothèses à partir d'un quelconque racontar lancé par on ne savait trop qui, mais d'après ma nourrice, depuis pas mal de temps déjà, tous les gens du coin colportaient précisément de telles rumeurs. Ainsi, personne dans le voisinage n'ignorait qu'avec maman nous nous enfermions souvent seuls tous les deux, dans la Villa des plaisirs partagés : comment s'étonner alors que de tels commérages se missent à circuler ! On prétendait que si papa avait choisi avant sa mort de me faire épouser Sawako, c'est qu'il savait bien que seule une fille née sous un mauvais signe accepterait cette union. Et même, chose plus scandaleuse encore, qu'il aurait trouvé nécessaire de marier officiellement son fils, afin de lui permettre de poursuivre cette relation coupable tout en donnant le change aux yeux de la société. On disait également que le père Kajikawa donnait sa fille en mariage en étant parfaitement au courant des dessous de la situation, que la fille l'acceptait pour satisfaire son père, et qu'ils faisaient bien évidemment cela pour mettre la main sur la fortune familiale. La famille jugeait que les plus à blâmer dans cette histoire étaient, dans l'ordre, mon père disparu, ma mère et moi-même, puis le père Kajikawa et enfin Sawako, sa fille.

Étant arrivé au bout de son récit, ma nourrice me lança rapidement un étrange regard oblique :

« Tu vois, jeune homme, il faut que tu sois sur tes gardes ! On dit toujours que l'on ne peut bâillonner la rumeur, et puis, tu sais, dès qu'il s'agit des autres, les gens racontent n'importe quoi.

— Il n'y a qu'à laisser dire ! Ce sont des rumeurs sans fondement qui seront bien vite oubliées. »

Et sur ce, je pris congé d'elle :

« Bon, alors, à dans un mois. Tu viendras à mon mariage, n'est-ce pas ? »

Je ne tiens guère à donner un compte rendu détaillé de ce qui prit place par la suite, aussi ne ferai-je que retracer à grands traits les événements les plus importants.

Mon mariage avec Sawako fut célébré un jour faste [1] du mois de novembre de la même année. Sur les instances de maman, j'avais renoncé à porter un frac, et j'avais revêtu pour la cérémonie le *haori* de mon père, un *haori* de soie noire frappé de la triple feuille de paulownia du blason familial. Pratiquement aucun membre de ma famille ne se déplaça, et même les proches de maman ne vinrent pas. En fait, seule la parenté des Kajikawa était là, ainsi que le docteur Katô, qui avait accepté de jouer le rôle d'in-

1. Les almanachs japonais recensent une série de vingt-quatre configurations fastes ou néfastes, selon des traditions venues de Chine.

termédiaire, et sa femme. Comme, depuis de longues années, il pratiquait la récitation du nô dans le style de l'école Kanze, il profita de l'occasion pour nous régaler d'un passage de *Takasago*, mais je ne prêtai qu'une oreille distraite aux intonations de sa belle voix sonore.

Le mariage ne changea pratiquement rien à l'attitude de Sawako ni envers moi ni envers maman. Nous fîmes bien un bref voyage de noces qui nous mena de Nara jusqu'à Ise, mais en toute circonstance, je veillai attentivement à ce qu'elle ne se retrouvât pas enceinte, ne me permettant pas la moindre négligence sur ce plan. Superficiellement, les relations entre maman et notre jeune couple semblaient parfaitement harmonieuses. Même après la mort de mon père, elle était restée dans la grande pièce donnant sur la véranda, alors que je dormais dans celle de six *tatami*; une fois marié, je conservai cette chambre que je partageais avec Sawako, alors que maman gardait la pièce principale pour elle. Nous trouvions tous trois normal qu'il en fût ainsi, car j'avais beau être marié, j'étais encore un étudiant à la charge de sa famille. C'est pour cela du reste que maman contrôlait le budget et dirigeait sur tous les plans la vie de la maisonnée.

Vue de l'extérieur, la vie quotidienne de maman au cours de cette période devait paraître bien enviable : elle coulait une existence désœuvrée et exempte de soucis, pratiquant pour se distraire la calligraphie dans le style Konoe, se plongeant dans les classiques de la littérature japonaise, jouant du *koto* ou se promenant dans son jardin, et, dès qu'elle ressentait quelque fatigue, nous étions toujours là, de jour comme de nuit, pour lui masser les jambes et les reins. La journée, cela se passait à la villa, sinon, dans la chambre de maman où c'était toujours Sawako qui s'en chargeait, car jamais elle ne m'appela à son chevet dans ces circonstances. Parfois, nous sortions tous les trois pour nous rendre au théâtre ou faire une excursion dans la région, mais maman, assez attentive aux questions d'argent, scrutait la moindre dépense, et nous conseillait fermement d'éviter tous frais inutiles. En particulier, elle contrôlait de très près les comptes du ménage, que tenait Sawako, et cette dernière devait être extrêmement scrupuleuse. Maman avait une mine de plus en plus resplendissante, elle commençait à avoir un double menton, et avait en fait pris tant de poids qu'en prendre davantage eût compromis sa beauté : tout son aspect prouvait combien elle avait la vie facile depuis la disparition de mon père.

Trois ans passèrent ainsi. Je venais d'entrer en troisième année à l'université, et nous étions maintenant au début de l'été. Un soir de juin, vers les 11 heures, alors que je venais de m'endormir, Sawako me réveilla en me secouant vigoureusement :

« Vite, lève-toi ! Il est arrivé quelque chose de grave à ta mère. »

Et sur ces mots, elle m'entraîna en toute hâte à son chevet.

« Maman, qu'est-ce qui t'arrive ? »

Elle ne répondit rien : couchée sur le ventre, elle semblait souffrir, étreignant son oreiller à deux mains, et ne laissait filtrer que quelques faibles gémissements.

« Regarde donc cela ! »

Sawako souleva un grand éventail posé sur le *tatami*, près du lit de maman, pour me faire voir la dépouille écrasée d'une grosse scolopendre. D'après ce qu'elle me raconta, appelée par maman un peu après 10 heures, elle l'avait consciencieusement massée, progressant des épaules aux reins, et elle était en train de lui frictionner la cheville droite quand maman, qui, allongée sur le dos, avait jusque-là respiré du souffle paisible du dormeur, laissa soudain échapper un cri de douleur, tandis que ses orteils se convulsaient. Alarmée, Sawako se penchait sur son visage, quand elle aperçut une scolopendre qui rampait sur sa poitrine, près du cœur. Horrifiée, elle avait eu pourtant le réflexe de balayer l'insecte d'un grand coup de l'éventail qui se trouvait là à portée de main, et l'avait par chance fait retomber sur le *tatami*, où elle avait pu l'écraser avec son éventail.

« Dire que si j'avais fait un peu plus attention !... mais j'étais légèrement distraite, et comme j'étais en train de lui masser les chevilles... »

Sawako était devenue livide.

Accouru en hâte, le docteur Katô prit des mesures d'urgence et lui fit toute une série d'injections, mais les souffrances de maman empiraient d'heure en heure. Que ce fût son teint, son souffle ou son pouls, tout indiquait que son état était bien plus grave que nous ne l'avions cru tout d'abord. Le médecin ne quitta pas son chevet, épuisant tous les moyens à sa disposition, mais à l'aube, maman sombrait dans le coma et nous quittait peu après. Le docteur m'expliqua que c'était sûrement le choc, car il ne voyait pas d'autres explications possibles. Quant à Sawako, elle pleurait, s'accusant de négligence.

Le temps a maintenant passé, et je ne tiens pas à décrire minutieusement toute la gamme de sentiments que j'éprouvai alors : ces sentiments de choc, de consternation, de désespoir ou d'abattement encore. Il est certes — j'en suis conscient — méprisable d'accuser quelqu'un sans fondement, mais je ne peux pourtant empêcher deux ou trois questions de venir périodiquement me hanter.

Cela faisait une quarantaine d'années que

mon grand-père avait fait édifier l'Ermitage aux hérons, et pour une construction de ce genre, de pur style japonais, c'était précisément le temps qu'il fallait pour que, patinée et marquée par les ans, sa beauté pût atteindre sa perfection. Lorsque mon grand-père l'avait fait construire, le bois était encore trop vert pour être pleinement apprécié, et quand la résidence aura vieilli encore davantage, elle perdra probablement son beau lustre actuel. La seule partie véritablement ancienne de la propriété était le pavillon de thé que mon grand-père avait fait transporter de son lieu d'origine, et quand j'étais tout petit, ce lieu était en effet — je l'ai déjà mentionné — infesté de scolopendres. Par la suite, elles avaient fini par apparaître également, de temps à autre, tant dans la Villa des plaisirs partagés que dans la résidence principale, au fur et à mesure que ces bâtiments prenaient eux aussi de l'âge. Ainsi, que l'un de ces myriapodes se soit trouvé dans la chambre de la véranda où dormait maman n'avait en soi rien de bien surprenant. Elle en avait probablement aperçu plusieurs fois dans la pièce en question, et Sawako, qui s'y rendait régulièrement pour la masser, avait dû en voir aussi. Cela étant, tout avait-il été purement fortuit ? Était-il vraiment inconcevable que quelqu'un eût un jour formé le plan d'utiliser de la sorte une scolopendre, dès qu'il s'en trouverait une dans la pièce ? Certes, si l'on estime que personne ne peut escompter tuer quelqu'un d'une piqûre d'insecte, cela ressortait alors de la mauvaise plaisanterie ; pourtant, si cette même personne avait tenu compte du fait que celle qu'elle visait souffrait de faiblesse cardiaque, elle pouvait alors avoir parié sur la chance. Et même si le plan échouait, rien ne permettrait de prouver que l'insecte avait été attrapé pour être délibérément posé là.

Il faut peut-être avoir l'esprit bien retors pour suggérer que la scolopendre n'était pas venue là toute seule, mais y avait été délibérément apportée. Néanmoins, maman jouissait d'un excellent sommeil, et ne se réveillait pas pour un rien. Lorsque nous la massions, Sawako ou moi-même, elle s'endormait immédiatement comme une bienheureuse. D'ailleurs, elle n'appréciait pas les frictions vigoureuses et demandait des massages doux et légers qui ne la tirassent pas de son sommeil. Elle aurait donc fort bien pu ne pas réagir immédiatement si quelqu'un avait déposé une petite chose ou une autre sur sa peau. Quand je m'étais précipité dans la chambre, maman gémissait de douleur, allongée sur le ventre, alors que, d'après Sawako, elle était couchée sur le dos pendant le massage. Cependant, l'un des points qui me tarabustent, c'est justement que Sawako — alors en train de lui masser les jambes — ait pu apercevoir cette scolopendre rampant près du cœur, quand, alarmée, elle avait voulu se pencher sur son visage. Pourtant, maman portait une tenue de nuit, et n'avait aucune raison d'avoir dénudé sa poitrine ; aussi, que Sawako ait pu remarquer par hasard un insecte censé se trouver sous la chemise de nuit me paraît-il louche. Alors, parfois, je me demande si, avant même de regarder, elle ne savait pas fort bien ce qu'elle y trouverait.

Cette hypothèse, j'y insiste une fois encore, ne repose sur absolument rien de solide ; je prétends seulement que si on laisse courir son imagination, rien ne l'interdit. Cette idée est ancrée dans mon esprit depuis trop longtemps maintenant pour que je puisse m'en défaire, et j'ai simplement voulu essayer de la mettre enfin par écrit. De toute façon, comme je l'ai déjà dit, ce compte rendu n'est pas destiné à être lu par qui que ce soit de mon vivant.

Depuis ces événements, trois ans encore ont passé. Après avoir terminé mes études universitaires, il y a deux ans, j'ai obtenu un emploi à la banque dont mon père était l'un des directeurs, mais au printemps de l'année dernière, j'ai décidé, pour diverses raisons, de me séparer de ma femme. Les tractations furent difficiles, car sa famille posa de dures conditions, auxquelles je fus finalement bien obligé de me plier, mais tout cela n'a guère d'intérêt et je n'ai aucunement envie d'en parler. Pendant que la procédure de divorce suivait son train, je cédai cette propriété de l'Ermitage aux hérons, pleine de tant de bons et de mauvais souvenirs, et me fis construire une petite maison près du temple de Hônen, à Shishigatani. Ayant décidé de vivre avec Takeshi, je fis alors venir mon petit frère du village de montagne où il se trouvait, passant par-dessus les désirs de l'intéressé, qui ne tenait guère à me suivre, et les réticences de sa famille adoptive, qui ne voulait pas s'en séparer. Je demandai également à ma vieille nourrice — elle allait sur ses soixante-cinq ans —, qui coulait une retraite paisible dans son village natal de Nagahama où elle s'occupait de ses petits-enfants, de venir élever Takeshi au moins jusqu'à ce qu'il ait dix ans. Heureusement encore ingambe, elle finit tout de même par accéder à ma demande, en disant que, vu les circonstances, elle acceptait de revenir un moment pour prendre soin du petit jeune homme. Takeshi avait alors six ans ; au début, nous eûmes bien du mal, ma nourrice et moi-même, à gagner son affection, mais maintenant, il a bien compris la situation et nous sommes très proches. Il va entrer à l'école primaire l'année prochaine. Ce qui me réjouit par-dessus tout, c'est que son visage est le portrait de celui de maman. La ressemblance ne s'arrête d'ailleurs pas là, car j'ai l'impression que cet enfant a aussi hérité quelque chose de sa nature généreuse et ouverte. Je n'ai pas l'intention de me remarier, et je pense continuer à vivre aussi longtemps que possible avec Takeshi, qui me rappelle tant maman. Comme j'ai perdu tout jeune celle qui m'avait mis au monde, puis, un peu plus grand, mon père, et même ma belle-mère, j'ai connu des moments de grande solitude, aussi désiré-je rester aux côtés de Takeshi au moins jusqu'à ce qu'il devienne adulte, afin que, pour sa part, mon petit frère ne connaisse pas de tels sentiments.

Fait le 27 juin de l'an 6 de Shôwa
(jour anniversaire de la mort de maman).
Écrit de la main d'Otokuni Tadasu.

Composition CPI Bussière
Impression Novoprint
à Barcelone, le 2 avril 2009.
Dépôt légal : avril 2009.
ISBN 978-2-07-038964-3./Imprimé en Espagne.

164029